Réussite collège mathématiques 6^{e}

rue des écoles

Avec la collaboration de :
Aurélie Cronier

Éditions rue des écoles – 15 Bd Bourdon, 75004 Paris
EAN : 9782820814135
Achevé d'imprimer en Turquie par Elmabasim en septembre 2022
Dépôt légal : octobre 2022

SOMMAIRE

Quiz

Compétences

Corrigés

QUIZ

NOMBRES DÉCIMAUX (1)

→ 1. Parmi les affirmations suivantes, lesquelles sont correctes ?

☐ A. Sur cette droite graduée, le point A a pour abscisse 0,6.

☐ B. Sur cette droite graduée, le point B a pour abscisse 1,8.

☐ C. Sur cette droite graduée, le point A a pour abscisse $\frac{6}{10}$.

☐ D. Sur cette droite graduée, le point B a pour abscisse $\frac{18}{100}$.

→ 2. Parmi les affirmations suivantes, lesquelles sont correctes ?

☐ A. L'encadrement au dixième de 128,475 est : $128{,}4 < 128{,}475 < 128{,}5$.

☐ B. L'encadrement au centième de 47,832 est : $47{,}83 < 47{,}832 < 47{,}84$.

☐ C. L'encadrement à l'unité de 12,8 est : $12 < 12{,}8 < 18$.

☐ D. L'encadrement à l'unité de 10,20 est : $10 < 10{,}20 < 11$.

→ 3. Complète chaque inégalité avec le signe $<$ ou $>$.

A. 2,53 ☐ 3,45

B. 1,4 ☐ 1,37

C. 2,03 ☐ 2,2

D. 10,8 ☐ 10,55

E. 37,04 ☐ 37,023

F. 0,045 ☐ 0,0108

→ 4. Parmi les comparaisons suivantes, lesquelles sont correctes ?

☐ A. $148 < 147{,}99$

☐ B. $24{,}38 > 24{,}291$

☐ C. $43{,}208 > 43{,}20$

☐ D. $5{,}4 < 5{,}39$

☐ E. $0{,}02 < 0{,}035$

☐ F. $7{,}82 > 7{,}802$

→ 5. Les dix membres d'un club ont les tailles suivantes, en mètre : 1,32, 1,54, 1,35, 1,46, 1,29, 1,45, 1,51, 1,39, 1,47 et 1,52.
Range ces tailles par ordre décroissant.

☐, ☐, ☐, ☐, ☐, ☐, ☐, ☐, ☐ et ☐.

→ 6. Complète les égalités suivantes avec les bons nombres.

A. L'arrondi au centième de 4,286 est ☐.

B. L'arrondi à l'unité de 12,48 est ☐.

C. L'arrondi au dixième de 2,7142 est ☐.

D. L'arrondi au millième de 5,8999 est ☐.

E. L'arrondi au centième de 7,8652 est ☐

NOMBRES DÉCIMAUX (2)

→ 1. Effectue les additions suivantes sans les poser.

A. 5,6 + 5,4 = ☐

B. 12,3 + 6,70 = ☐

C. 28,1 + 2,87 = ☐

D. 95,25 + 4,75 = ☐

E. 1,65 + 4,35 = ☐

→ 2. Effectue les soustractions suivantes (tu peux les poser si nécessaire).

A. 358,75 – 27,32 = ☐

B. 286,57 – 123,44 = ☐

C. 164,36 – 98,452 = ☐

D. 928,4 – 275,58 = ☐

→ 3. Parmi ces propositions, sélectionne la (les) égalité(s) correcte(s).

- ❑ A. 7,6 + 2,14 = 9,74
- ❑ B. 3,4 + 5,7 = 8,11
- ❑ C. 5,3 – 5,02 = 0,28
- ❑ D. 8,53 – 4,6 = 4,07

→ 4. Résous les problèmes suivants.

J'ai 3 euros. Il me manque 2,50 euros pour m'acheter le manga que je souhaite.
Ce manga coûte donc ☐ euros.

Lors d'un voyage de 523,5 km, Luc a roulé 312 km sur l'autoroute, puis il a emprunté une nationale. Il a finalement repris l'autoroute pour les 125 km restants.
Il a donc parcouru ☐ km sur la nationale.

L'aire de la surface rouge est de 65,3 m². L'aire du petit rectangle blanc est de 21 m². L'aire du grand rectangle est donc de ☐ m².

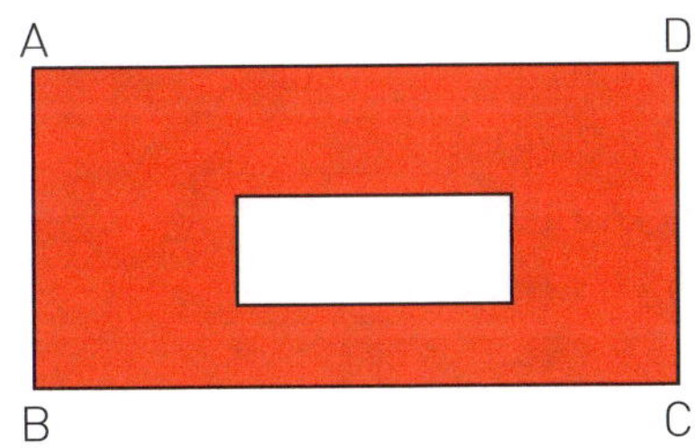

→ 5. À l'aide d'arrondis à l'unité, donne un ordre de grandeur de chacune des sommes.

Calculs	15,86 + 3,621	21,24 + 19,173	33,764 + 4,378
Ordre de grandeur	☐	☐	☐

→ 6. À l'aide d'arrondis à l'unité, donne un ordre de grandeur de chacune des différences.

Calculs	17,702 – 11,12	23,35 – 11,612	1,87 – 0,986
Ordre de grandeur	☐	☐	☐

QUIZ

NOMBRES DÉCIMAUX (3)

→ 1. Pose l'opération A puis utilise la pour les calculs suivants.

A. 372 × 68 = [ ]

B. 37,2 × 68 = [ ]

C. 0,372 × 68 = [ ]

D. 372 × 0,68 = [ ]

E. 3,72 × 0,68 = [ ]

→ 2. Calcule sans calculatrice.

A. 12,3 × 5,1 = [ ]

B. 8 × 7,04 = [ ]

C. 6 × 9,7 = [ ]

D. 5,6 × 3,4 = [ ]

E. 10,7 × 1,36 = [ ]

→ 3. Complète les égalités suivantes.

A. 543 × 10 = [ ]

B. 100 × 8,241 = [ ]

C. 0,037 × 10 = [ ]

D. 2,03 × 1 000 = [ ]

E. 35,8 ÷ 10 = [ ]

F. 237 ÷ 1 000 = [ ]

G. 0,05 ÷ 10 = [ ]

H. 1,2 ÷ 100 = [ ]

→ 4. Complète les égalités suivantes.

A. 47,5 × [ ] = 4 750

B. 10 × [ ] = 4,8

C. [ ] × 25,31 = 25 310

D. 0,57 × 0,1 = [ ]

E. 0,000 1 × 5 = [ ]

F. [ ] ÷ 100 = 0,043

G. 38,57 ÷ [ ] = 0,385 7

H. 3,5 ÷ [ ] = 0,003 5

→ 5. Donne un ordre de grandeur de chacun des produits.

Calculs	35,4 × 2,16	51,27 × 9,8	9,62 × 11,72
Ordre de grandeur	[ ]	[ ]	[ ]

→ 6. Résous les problèmes suivants.

On plante une haie rectiligne de six charmes. Les arbres sont espacés de 2,50 m.
La distance entre le premier et le dernier arbre est donc de [ ] m.

Le rôti de bœuf est à 11 euros le kg. Si Mme Michu en achète 1,2 kg, cela lui coûtera [ ] euros. Si elle en achète 750 g, cela lui coûtera [ ] euros.

Martin souhaite acheter 3 cahiers coûtant 1,20 euro chacun et un lot de stylos à 2,50 euros. Cela va lui coûter au total [ ] euros.

NOMBRES DÉCIMAUX (4)

→ 1. Indique la (les) phrase(s) correcte(s).

- ❑ A. Si je divise 354 par 7, le quotient est 50 et le reste est 4.
- ❑ B. Si je divise 201 par 8, le quotient est 24 et le reste est 9.
- ❑ C. Le reste de la division euclidienne de 568 par 33 est 7.
- ❑ D. Le reste de la division euclidienne de 250 par 9 est 16.

→ 2. À l'aide d'arrondis à l'unité, donne un ordre de grandeur de chacun des quotients.

Calculs	12,1 ÷ 2,4	28,2 ÷ 7,3	62,5 ÷ 8,8
Ordre de grandeur			

→ 3. Complète les phrases suivantes en utilisant uniquement les nombres suivants : 1, 6, 14, 20, 30, 32, 45 et 126.

Les nombres divisibles par 2 sont : ___, ___, ___, ___, ___ et ___.

Les nombres divisibles par 3 sont : ___, ___, ___ et ___.

Les nombres divisibles par 5 sont : ___, ___ et ___.

Le nombre divisible par 9 est : ___.

Les nombres divisibles par 10 sont : ___ et ___.

→ 4. Complète les égalités suivantes.

A. 8,04 ÷ 6 = ___

B. 122,4 ÷ 9 = ___

C. 223,4 ÷ 71 = ___

D. 29,14 ÷ 2,5 = ___

→ 5. Indique la (les) phrase(s) correcte(s).

- ❑ A. L'approximation au dixième près par défaut du quotient $\frac{38}{9}$ est 4,3.
- ❑ B. Le nombre décimal 0,33 est une écriture décimale approchée au centième près de la fraction $\frac{1}{3}$.
- ❑ C. L'approximation entière par excès du quotient $\frac{59}{7}$ est 9.
- ❑ D. Quand on divise 35 par 11, l'écriture décimale approchée au millième près du résultat obtenu est 3,182.

→ 6. Résous les problèmes suivants.

On plante une haie avec un arbre à chaque extrémité sur une distance de 11,20 m. Les arbres doivent être espacés de 2,80 m. On doit donc acheter ___ arbres.

Au supermarché, des lots de trois bouteilles de shampooing de 300 mL (dont 50 mL gratuits) sont vendus au prix de 4,80 euros. Le prix d'une bouteille est donc de ___ euros.

Le prix du jambon est de 10 euros le kg. Si Mme Dupont dépense 2,50 euros, elle a donc acheté ___ kg de jambon, soit ___ g.

QUIZ

FRACTIONS (1)

→ 1. Encadre chacune des fractions suivantes par deux entiers consécutifs.

A. $\square < \frac{37}{7} < \square$

B. $\square < \frac{49}{6} < \square$

C. $\square < \frac{59}{8} < \square$

→ 2. Place les points

$A\left(\frac{2}{6}\right)$, $B\left(\frac{5}{6}\right)$, $C\left(\frac{6}{6}\right)$ et $D\left(\frac{9}{6}\right)$ sur la demi-droite graduée ci-dessous.

→ 3. Donne l'abscisse des points A, B, C et D.

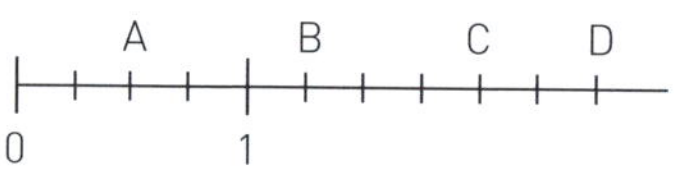

L'abscisse du point *A* est : $\square$.

L'abscisse du point *B* est : $\square$.

L'abscisse du point *C* est : $\square$.

L'abscisse du point *D* est : $\square$.

→ 4. Parmi les fractions suivantes, lesquelles sont inférieures à 1 ?

- ❑ A. $\frac{6}{4}$
- ❑ B. $\frac{2}{3}$
- ❑ C. $\frac{8}{7}$
- ❑ D. $\frac{11}{4}$
- ❑ E. $\frac{26}{105}$
- ❑ F. $\frac{42}{45}$
- ❑ G. $\frac{9}{10}$
- ❑ H. $\frac{10}{7}$

→ 5. Complète les encadrements de fraction ci-dessous. En déduire la comparaison des trois fractions proposées.

$\square < \frac{13}{2} < \square$;

$\square < \frac{17}{3} < \square$;

$\square < \frac{49}{11} < \square$.

La comparaison des trois fractions est donc : $\frac{\square}{\square} < \frac{\square}{\square} < \frac{\square}{\square}$.

FRACTIONS (2)

→ 1. Quels quotients sont égaux à $\frac{2}{5}$?

❏ A. $\frac{3}{4}$ ❏ D. $\frac{6}{15}$ ❏ G. $\frac{18}{45}$

❏ B. $\frac{4}{10}$ ❏ E. $\frac{9}{12}$ ❏ H. $\frac{60}{120}$

❏ C. $\frac{12}{60}$ ❏ F. $\frac{20}{50}$

→ 2. Complète les égalités suivantes.

A. $\frac{8}{5} = \frac{8 \times 10}{5 \times \square} = \frac{\square}{\square}$

B. $\frac{150}{45} = \frac{150 \div \square}{\square \div 5} = \frac{\square}{\square}$

C. $\frac{45}{10} = \frac{\square \times \square}{\square = \square} = \frac{\square}{1\,000}$

D. $\frac{27}{63} = \frac{\square \div \square}{\square \div \square} = \frac{3}{\square}$

→ 3. Complète chaque égalité par « = » ou « ≠ ».

A. $\frac{2}{3} \square \frac{6}{9}$ D. $\frac{25}{9} \square \frac{75}{27}$

B. $\frac{1}{2} \square \frac{3}{4}$ E. $\frac{32}{5} \square \frac{16}{8}$

C. $\frac{5}{2} \square \frac{10}{7}$ F. $\frac{2}{3} \square \frac{6}{4}$

→ 4. Simplifie les fractions suivantes.

A. $\frac{45}{20} = \frac{\square}{\square}$ à simplifier par 5

B. $\frac{54}{12} = \frac{\square}{\square}$ à simplifier par 3

C. $\frac{114}{60} = \frac{\square}{\square}$ à simplifier par 2

D. $\frac{224}{36} = \frac{\square}{\square}$ à simplifier par 4

→ 5. Calcule les produits suivants.

$A = 75 \times \frac{2}{5} = \square$

$B = 18 \times \frac{1}{9} = \square$

$C = \frac{2}{25} \times 125 = \square$

$D = 48 \times \frac{1}{20} = \square$

→ 6. Résous les problèmes suivants.

À une élection, il y a 420 votants. Un candidat a obtenu les deux septièmes des voix.
Ce candidat a donc obtenu $\square$ voix.

On sait qu'une heure contient 60 minutes. Trois quarts d'heure contiennent $\square$ minutes et deux tiers d'heure contiennent $\square$ minutes.

Une famille veut offrir une télévision qui coûte 350 euros pour leur anniversaire de mariage. Ils ont déjà réuni les trois cinquièmes de la somme. Ils ont donc déjà récupéré $\square$ euros et il leur manque $\square$ euros pour payer cette télévision.

QUIZ

STATISTIQUES

→ 1. Voici les 24 notes données par un professeur lors d'un contrôle de mathématiques :
6, 15, 10, 19, 14, 14, 18, 11, 7, 12, 15, 15, 7, 12, 10, 14, 12, 11, 7, 12, 8, 15, 18 et 12.
Complète le tableau commencé par le professeur :

Notes	6	7	8	9	10	11	12	13	14	15	16	17	18	19
Effectifs														

Complète à présent les phrases suivantes :

Il y a ☐ élèves qui ont une note supérieure à 17.

Il y a ☐ élèves qui ont une note inférieure ou égale à 10.

Il y a ☐ élèves qui ont une note comprise entre 9 et 16.

La note la plus souvent obtenue par les élèves de cette classe est : ☐.

→ 2. On a relevé la température dans 9 villes de France sur une journée de juin. Complète les phrases suivantes.

La température relevée à Marseille est de ☐ °C.

La ville où il faisait le moins chaud est ☐ et celle où il faisait le plus chaud est ☐.

Il y a ☐ villes où la température relevée était supérieure à 25 °C.

Il y a ☐ villes où la température relevée était comprise entre 20 et 30 °C.

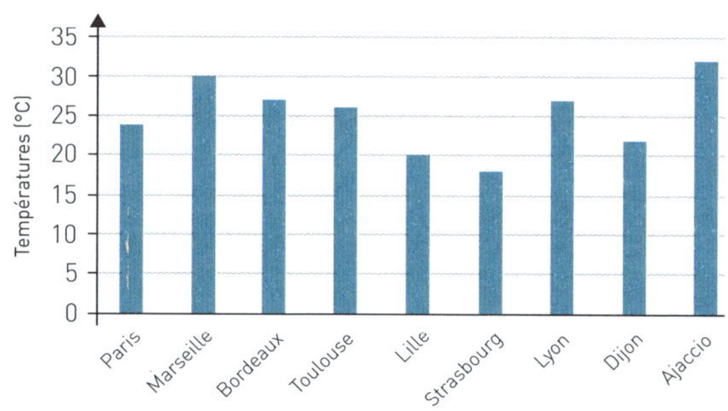

→ 3. On a demandé aux élèves d'un collège de Tours comment ils se rendaient au collège.
Complète le tableau ci-dessous.

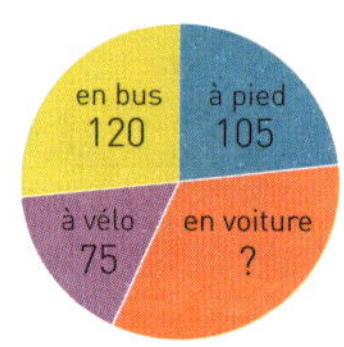

Moyen de transport	Voiture	Vélo			Total
Effectifs					450

PROPORTIONNALITÉ

→ 1. Dans 100 g de soupe, il y a 35 g de carottes. Complète les phrases ci-dessous.

Dans 50 g de soupe, il y a ____ g de carottes.

Dans 300 g de soupe, il y a ____ g de carottes.

Dans 150 g de soupe, il y a ____ g de carottes.

Dans ____ g de soupe, il y a 70 g de carottes.

Dans ____ g de soupe, il y a 350 g de carottes.

→ 2. À vélo, Marie met 20 minutes pour parcourir 5 km. Complète les phrases suivantes.

En 10 minutes, Marie a parcouru ____ km.

En 30 minutes, Marie a parcouru ____ km.

Pour parcourir 3 km, elle a mis ____ minutes.

Pour parcourir 11 km, elle va mettre ____ minutes.

→ 3. Sur le marché, un vendeur affiche le panneau « 5 kg de poires pour 7 euros ».
Complète le tableau suivant.

Poires (en kg)	5	1	0,5	4,5
Prix (en euros)	____	____	____	____

→ 4. Parmi les propositions suivantes, lesquelles sont correctes ?

- ❑ A. 10 % de 4 est égal à 40.
- ❑ B. 45 % de 100 est égal à 45.
- ❑ C. 25 % de 30 est égal à 7,5.
- ❑ D. 100 % de 0 est égal à 100.
- ❑ E. 0 % de 100 est égal à 0.
- ❑ F. 1 % de 1 000 est égal à 10.

→ 5. Complète les informations manquantes dans les situations de proportionnalité suivantes.

La voiture de M. Pépin a consommé 21 L d'essence pour faire 300 km.

Essence (en L)	21	____
Prix (en euros)	300	250

Pour faire 250 km, M. Pépin doit prévoir ____ L d'essence.

M. Pépin a payé 159,60 euros pour 21 L d'essence.

Pour 17,5 L, M. Pépin devra payer ____ euros.

→ 6. Complète les deux tableaux de proportionnalité suivants.

5	8	9	____	____	× ____
35	____	____	70	84	

____	6	8	____	× ____
18	____	32	50	

QUIZ

ANGLES

→ 1. Comment peut-on noter l'angle dessiné ci-dessous ?

- ❑ A. OIU.
- ❑ B. IOU.
- ❑ C. UOI.
- ❑ D. OUI.

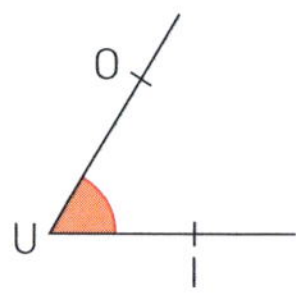

→ 2. Complète les phrases suivantes.

Un angle ▭ a pour mesure 90°.

Un angle aigu a une mesure inférieure à ▭°.

Un angle ▭ a pour mesure 180° et un angle nul a pour mesure ▭°.

Un angle ▭ a une mesure supérieure à 90°.

→ 3. À l'aide de cette figure, complète les phrases suivantes.

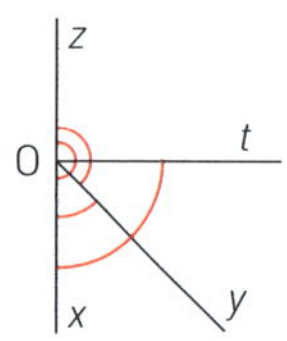

L'angle xOy est un angle ▭.

L'angle yOz est un angle ▭.

L'angle xOz est un angle ▭.

L'angle xOt est un angle ▭.

→ 4. On veut mesurer un angle $\widehat{xOy}$ tracé sur un livre. Complète les phrases suivantes.

On pose la ▭ du rapporteur sur le ▭ O de l'angle.

On fait coïncider un trait de graduation ▭° avec le côté [Ox).

On repère le trait de graduation correspondant au ▭ [Oy).

On lit la mesure qui est sur la ▭ série de graduation que le ▭° initial.

→ 5. Utilise les figures suivantes pour compléter le tableau.

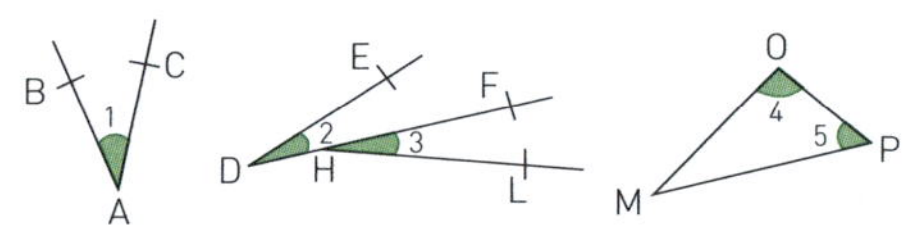

Angle	Nom	Sommet	Côtés
1	▭	▭	▭ et ▭
2	▭	▭	▭ et ▭
3	▭	▭	▭ et ▭
4	▭	▭	▭ et ▭
5	▭	▭	▭ et ▭

DURÉES ET HORAIRES

1. Marie regarde un film qui dure 1 h 32 min et un feuilleton qui dure 43 min ? Combien de temps en heures et minutes a-t-elle regardé la télévision ?

- ❑ A. 2 h 15 min.
- ❑ B. 1 h 75 min.
- ❑ C. 135 min.
- ❑ D. 85 min.

2. Jules regarde un film qui dure 1 h 52 min. Pendant ce film, il y a eu 19 min de publicité. Quelle est la durée en heures et minutes du film sans les publicités ?

- ❑ A. 1 h 25 min.
- ❑ B. 131 min.
- ❑ C. 2 h 11 min.
- ❑ D. 1 h 33 min.

3. Convertis les durées suivantes pour compléter les égalités.

3 min = ☐ s

5 h 18 min = ☐ min

2 h 35 min 15 s = ☐ s

360 s = ☐ min

85 min = ☐ h ☐ min

385 min = ☐ h ☐ min

4. Un après-midi, Patricia décide de préparer des cookies pour le goûter de ses enfants. Elle commence à cuisiner à 14 h 23 min. La préparation va lui prendre 25 min et la cuisson 12 min. Elle devra également attendre 45 min à la sortir du four pour que les cookies refroidissent. À quelle heure vont-ils pouvoir manger les cookies ?

- ❑ A. 15 h.
- ❑ B. 15 h 25 min.
- ❑ C. 15 h 45 min.
- ❑ D. 16 h.

5. Parmi les égalités suivantes, lesquelles sont correctes ?

- ❑ A. 3 h 08 min + 57 min = 4 h 05 min.
- ❑ B. 15 min + 1 h 27 min + 38 min = 2 h 20 min.
- ❑ C. 5 min 45 s – 3 min 15 s = 9 min.
- ❑ D. 22 min 48 s + 16 min 35 s = 38 min 23 s.

6. Complète les phrases suivantes.

Une adolescente s'est réveillée à 8 h 25 min après avoir dormi 9 h 15 min. Elle s'est donc couchée à ☐ h ☐ min.

Une famille est partie au ski à 22 h 40 min et leur trajet doit durer 7 h 35 min. Ils vont donc arriver à ☐ h ☐ min.

La lune met 708 h pour faire une fois le tour de la Terre. Elle met donc ☐ j ☐ h à tourner une fois autour de la Terre.

QUIZ

PÉRIMÈTRES

→ 1. Parmi les propositions suivantes, quelle(s) est (sont) celle(s) qui est (sont) correcte(s) ?

- ❑ A. Le périmètre d'un rectangle dont les dimensions sont 4 cm et 1,5 cm est de 6 cm.
- ❑ B. Le périmètre d'un carré dont les côtés mesurent 5,2 cm est de 10,4 cm.
- ❑ C. Le périmètre d'un carré dont les côtés mesurent 5,2 cm est de 20,8 cm.
- ❑ D. Le périmètre d'un rectangle dont les dimensions sont 4 cm et 1,5 cm est de 11 cm.

→ 2. Complète les phrases suivantes.

Le périmètre d'un carré de côté 40 m est égal à ☐ m.

Le périmètre d'un rectangle de 32 cm de long sur 15 cm de large est égal à ☐ cm.

La mesure du côté d'un carré de 144 cm de périmètre est égale à ☐ cm.

La longueur d'un rectangle dont le périmètre est égal à 50 cm et la largeur 5 cm est égale à ☐ cm.

→ 3. On veut calculer le périmètre *P* d'un cercle de diamètre D = 6,4 cm et celui d'un deuxième cercle de rayon 8 cm. Complète les phrases suivantes en prenant $\pi = 3,14$.

On utilise la formule : P = ☐ × ☐ ;

On calcule : P = ☐ × ☐ ;

Donc le périmètre du premier cercle mesure ☐ cm.

On utilise la formule : P = 2 × ☐ × ☐ ;

On calcule : P = ☐ × ☐ × ☐ ;

Donc le périmètre du deuxième cercle mesure ☐ cm.

→ 4. Résous les problèmes suivants.

Un champ mesure 52 m de long sur 34 m de large. Pour le clôturer, on plante un piquet tous les mètres. Il faudra donc ☐ piquets pour clôturer ce champ.

Un terrain vague a une longueur de 110 m. Son périmètre est égal à 320 m. La largeur de son terrain est donc de ☐ m.

Un moule à gâteau rond a pour périmètre 56,52 cm. Son diamètre est donc de ☐ cm.

→ 5. Complète les conversions suivantes.

3 cm = ☐ mm

100 hm = ☐ cm

310,5 km = ☐ m

105 m = ☐ km

13,4 dm = ☐ dam

0,2 cm = ☐ dam

AIRES

→ 1. Parmi les propositions suivantes, lesquelles sont correctes ?

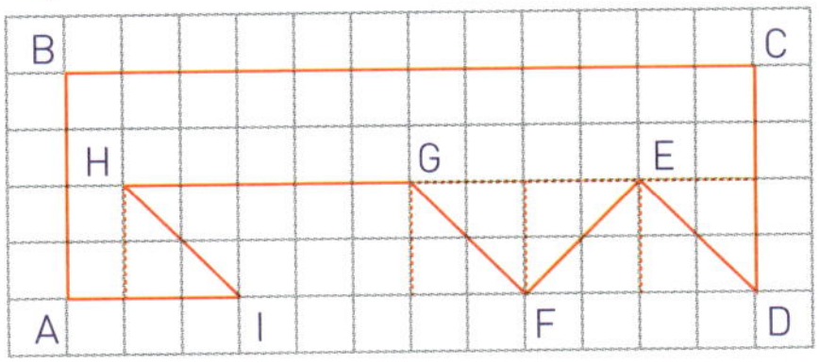

- ❑ A. L'aire de la figure IHGF est de 10 unités d'aire.
- ❑ B. L'aire de la figure FED est de 4 unités d'aire.
- ❑ C. L'aire de la figure ABCD est de 48 unités d'aire.
- ❑ D. L'aire de la figure rouge ABCDEFGHI est de 34 unités d'aire.

→ 2. Parmi les propositions suivantes, lesquelles sont correctes ?

- ❑ A. Un rectangle de dimension 3 cm et 5 cm a pour aire 150 cm².
- ❑ B. Un carré de côté 5 m a pour aire 25 m².
- ❑ C. Un carré dont l'aire est 16 cm² a ses côtés de longueur 4 cm.
- ❑ D. Un carré de périmètre 28 cm a pour aire 49 cm².

→ 3. Complète le tableau suivant. Tous les triangles de ce tableau sont rectangles et les côtés de l'angle droit ont pour mesures *a* et *b*.

Côté *a* (en m)	10	3,5	☐	12
Côté *b* (en m)	7	0,8	20	☐
Aire du triangle (en m²)	☐	☐	500	27

→ 4. Complète les réponses suivantes en prenant 3,14 pour π.

Le rayon du disque est de 3 cm, alors son diamètre est ☐ cm et son aire est ☐ cm².

Le rayon du disque est de ☐ cm, alors son diamètre est 8 cm et son aire est ☐ cm².

Le rayon du disque est de ☐ cm, alors son diamètre est ☐ cm et son aire est 314 cm².

→ 5. Complète les conversions suivantes.

23 m² = ☐ mm²
15 hm² = ☐ cm²
0,8 km² = ☐ dam²
69 300 mm² = ☐ dam²
4 874 dm² = ☐ hm²
281 mm² = ☐ dm²

QUIZ

VOLUMES ET CONTENANCES

→ 1. Calcule le volume de chacun des solides suivants.

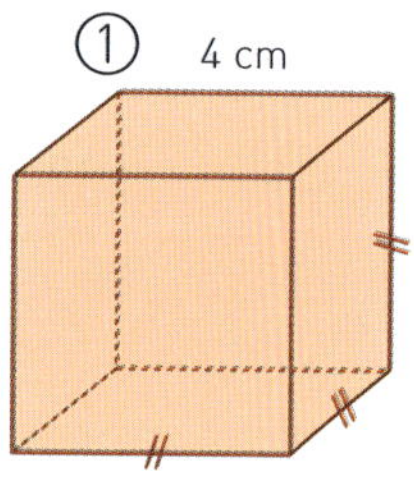

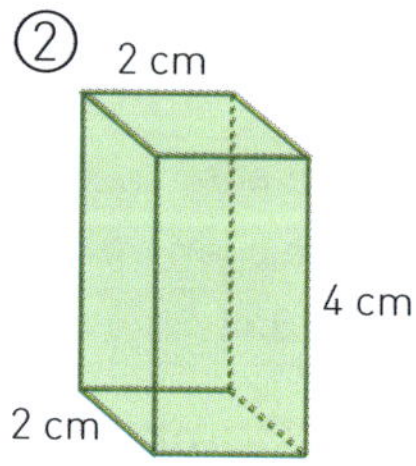

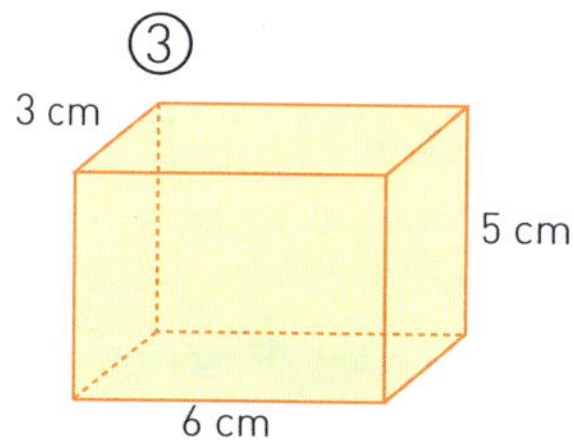

Le volume du solide 1 est : ☐ cm^3.

Le volume du solide 2 est : ☐ cm^3.

Le volume du solide 3 est : ☐ cm^3.

→ 2. Une pièce en forme de pavé droit a un volume de 21,84 m^3 et une aire de 8,4 m^2.

Pour calculer la hauteur de la pièce, on effectue le calcul : ☐ ÷ ☐ ;

La hauteur de cette pièce est donc de : ☐ m.

Sachant que la pièce mesure 3,5 m de long, pour calculer sa largeur on effectue l'opération : ☐ ÷ ☐ et donc la largeur de cette pièce est de ☐ m.

→ 3. Complète les conversions d'unités de volumes suivantes.

0,0075 m^3 = ☐ cm^3 ;

350 mm^3 = ☐ cm^3 ;

5,84 cm^3 = ☐ mm^3 ;

3 hm^3 = ☐ km^3 ;

89 785 cm^3 = ☐ m^3 ;

0,26 dm^3 = ☐ m^3.

→ 4. Complète les conversions de volumes et de contenances suivantes.

- ❑ A. 3 hl = ☐ L = ☐ dm^3 ;
- ❑ B. 25 000 cm^3 = ☐ dm^3 = ☐ L ;
- ❑ C. 0,89 m^3 = ☐ dm^3 = ☐ L ;
- ❑ D. 34,5 dL = ☐ cm^3 ;
- ❑ E. 2 747 hL = ☐ m^3 ;
- ❑ F. 4 000 dm^3 = ☐ mL.

ÉLÉMENTS DE GÉOMÉTRIE

→ 1. Donne le nom puis le numéro du dessin correspondant à chaque notation.

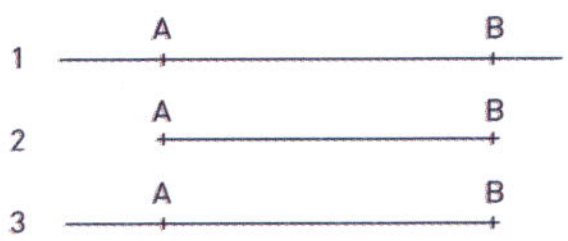

[BA] : .... : dessin n° .....

[AB] : .... : dessin n° .....

(AB) : .... : dessin n° .....

→ 2. Parmi les affirmations suivantes, sélectionne celle(s) qui est (sont) correcte(s) en utilisant les segments ci-dessous.

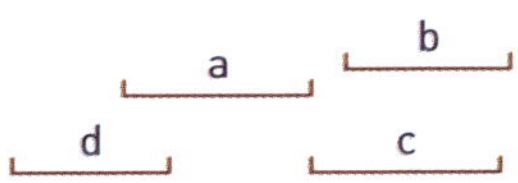

- ❑ A. Les segments *a* et *c* sont égaux.
- ❑ B. Les segments *a* et *b* sont égaux.
- ❑ C. On peut écrire l'inégalité : $d < a$.
- ❑ D. On peut écrire l'inégalité : $d < a < b$.

→ 3. Soit quatre droites D_1, D_2, D_3 et D_4 telles que : $D_1 \parallel D_2$; $D_3 \perp D_1$ en C ; $D_3 \perp D_2$ en B et D_3 et D_4 sont sécantes en A. Attribue à chaque droite le numéro qui lui correspond sur le dessin.

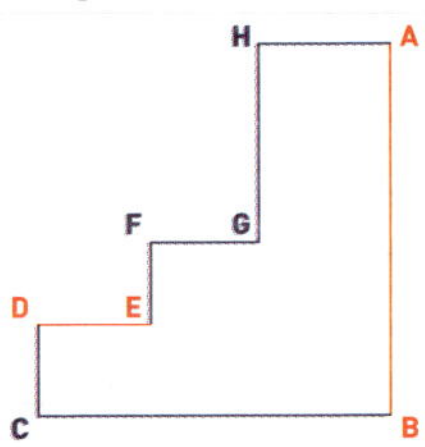

La droite D_2 est la droite n° .....

La droite D_3 est la droite n° .....

La droite D_4 est la droite n° .....

→ 4. On a (*AB*)//(*CD*) et (*EF*)//(*CD*). Complète les phrases suivantes.

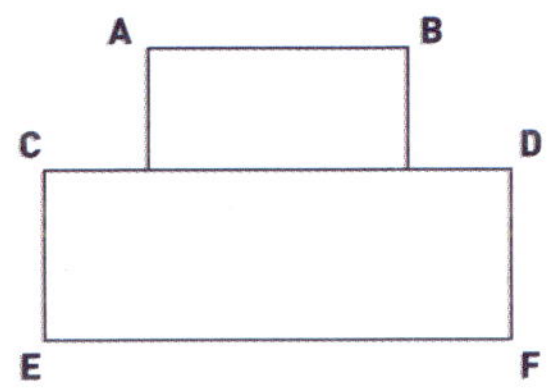

Les droites (AB) et ..... sont parallèles à la droite .....

Elles sont donc .... entre elles.

On peut alors écrire : (AB)// ..... // .....

→ 5. Parmi les affirmations suivantes, sélectionne celle(s) qui est (sont) correcte(s).

- ❑ A. Si *d* et *d′* sont perpendiculaires à la droite *d″*, alors *d* et *d′* sont parallèles.
- ❑ B. Si *d* est parallèle à *d′*, alors toute droite perpendiculaire à *d* est parallèle à *d′*.
- ❑ C. Si *d* est parallèle à *d′*, alors toute droite perpendiculaire à *d* est perpendiculaire à *d′*.
- ❑ D. La médiatrice du segment [AB] est perpendiculaire à [AB].

QUIZ

CERCLE ET MANIPULATION DU COMPAS

→ 1. Complète les phrases suivantes à l'aide de la figure ci-dessous.

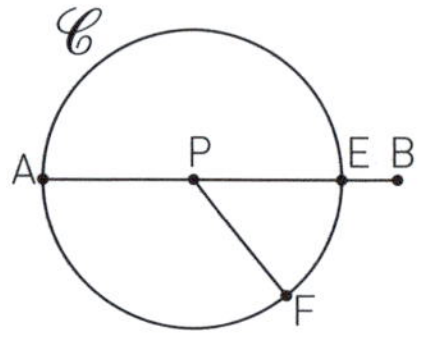

Le segment [AE] est un ……… du cercle.

Le segment [PF] est un ……… du cercle.

Le point *E* ……… au segment [AB].

Le point *P* est le ……… du cercle.

Le point *P* est le ……… du segment [AE].

Le segment [EF] est une ……… du cercle.

→ 2. Voici un cercle ayant un rayon de 5 cm. Complète les égalités suivantes avec l'un des symboles : <, > ou =.

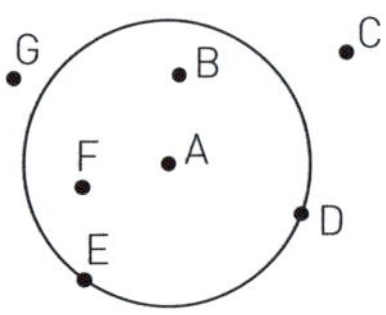

AB … 3 cm ;
AD … 3 cm ;
AG … AE ;
AE … AD.

→ 3. Complète les phrases suivantes.

Pour construire la médiatrice d'un segment, il faut utiliser le ……… ou l'……… .

La médiatrice d'un segment [AB] est la droite ……… au segment [AB] qui passe par le ……… de ce segment.

Tout point de la médiatrice du segment [AB] est ……… des points *A* et *B*.

La médiatrice du segment [AB] est un ……… de ……… de ce segment.

→ 4. Sur la figure ci-dessous, ABCD est un carré de 3 cm de côté. *F* est le point symétrique du point *D* par rapport au point *C*.

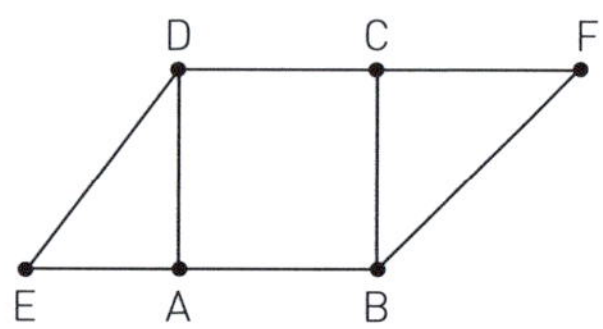

Quelles sont les phrases correctes ?

- ❑ A. La distance du point *D* à la droite (FB) est égale à 6 cm.
- ❑ B. La distance du point *F* à la droite (AB) est égale à 3 cm.
- ❑ C. Si *M* est un point tel que la distance de *M* à la droite (AB) est égale à 3 cm alors le point *M* appartient à la droite (CD).
- ❑ D. La distance du point *F* à la droite (DA) est égale à 6 cm.

TRIANGLES

→ 1. Complète les phrases suivantes.

On sait que EF = FD = DE, on en déduit que EFD est un triangle [ ].
Puisque EFD est un triangle [ ], on peut en déduire que ses trois angles sont [ ] à [ ]°.
De plus, le triangle EFD possède [ ] axes de symétrie.

→ 2. Complète les phrases suivantes.

Sachant que le triangle OSU est isocèle en *S*, on peut en conclure que [*OS*] mesure la même [ ] que [ ].
De plus, les angles $\widehat{U[\ ]}$ et $\widehat{O[\ ]}$ sont égaux.
Dans la figure suivante, les triangles rectangles [ ] et [ ] sont rectangles en *C*, [ ] et [ ] sont rectangles en *D* et les triangles [ ] et [ ] sont rectangles en *E*.

→ 3. Parmi les affirmations suivantes, sélectionne celle(s) qui est (sont) correcte(s).

- ❑ A. Les diagonales d'un carré le partagent en quatre triangles rectangles et isocèles.
- ❑ B. Les diagonales d'un rectangle le partagent en quatre triangles rectangles et isocèles.
- ❑ C. Les diagonales d'un losange le partagent en quatre triangles rectangles.
- ❑ D. Les diagonales d'un cerf-volant le partagent en quatre triangles isocèles.

→ 4. Parmi les affirmations suivantes, sélectionne celle(s) qui est (sont) correcte(s).

- ❑ A. Un triangle rectangle peut être équilatéral.
- ❑ B. Un triangle rectangle isocèle a deux angles mesurant 45°.
- ❑ C. Si ABC est un triangle isocèle en *A* tel que $\widehat{BAC} = 80°$, alors les deux autres angles de ce triangle ont pour mesure 50°.
- ❑ D. Si DEF est un triangle isocèle en *D* tel que $\widehat{DEF} = 40°$, alors les deux autres angles de ce triangle ont pour mesure 70°.

→ 5. Réalise une figure à main levée puis construis à l'aide du compas les deux triangles suivants :

- IJK est un triangle tel que IJ = 6 cm, JK = 4 cm et IK = 7 cm.
- RXT est un triangle tel que RX = 5,8 cm, TX = 4,6 cm et RT = 3,8 cm.

→ 6. Construis la figure décrite étape par étape ci-dessous.

- OSV est un triangle tel que OS = 5 cm, OV = 4 cm et VS = 3,5 cm.
- À l'extérieur du triangle OSV, trace le triangle OVL équilatéral.
- À l'intérieur du triangle OSV, trace le triangle OSM tel que OM = SM = 3 cm.
- Code la figure obtenue avec tout ce qui est connu.

QUIZ

QUADRILATÈRES

→ 1. Complète les phrases ci-dessous.

Un quadrilatère possède quatre ______ et ______ côtés.

Les quatre côtés d'un losange ont la même ______.

Les côtés opposés d'un losange, d'un rectangle et d'un carré sont ______.

Un rectangle possède quatre angles ______.

Un carré est à la fois un ______ particulier et un ______ particulier.

→ 2. Complète les phrases suivantes :

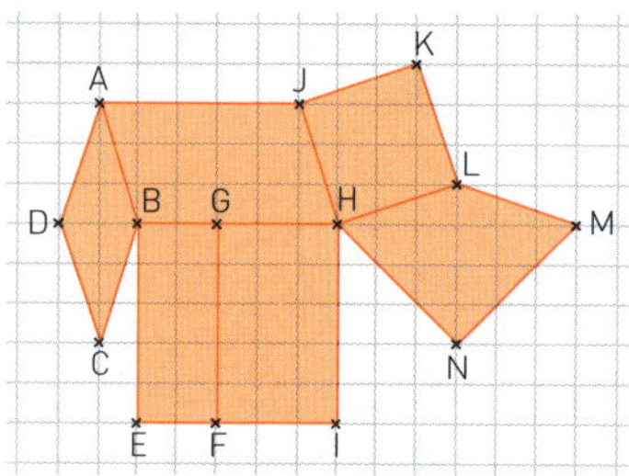

Les deux carrés sont : ______ et ______.

Les deux rectangles sont : ______ et ______.

Le losange est : ______.

Le parallélogramme est : ______.

→ 3. Sélectionne les affirmations correctes.

- ❑ A. Un quadrilatère dont les diagonales ont la même longueur et le même milieu est un rectangle.
- ❑ B. Un quadrilatère dont les diagonales ont la même longueur et le même milieu est un losange.
- ❑ C. Un quadrilatère dont les diagonales ont la même longueur et le même milieu est un carré.
- ❑ D. Un quadrilatère dont les diagonales ont le même milieu et sont perpendiculaires est un losange.

→ 4. Complète les phrases suivantes.

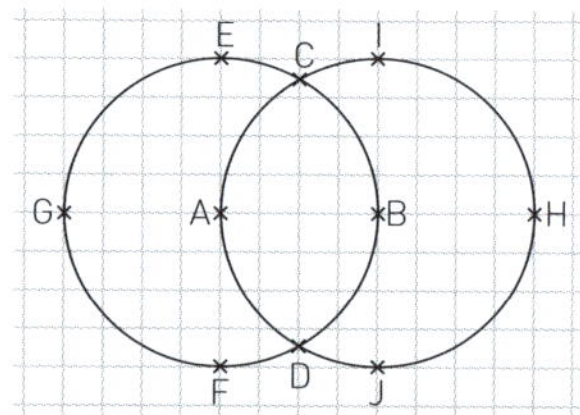

Deux carrés dont les dimensions sont différentes sont, par exemple : ______ et ______.

Un rectangle qui n'est pas un carré est : ______.

Deux losanges qui ne sont pas des carrés sont : ______ et ______.

Le quadrilatère CIDF semble être un ______.

→ 5. Complète les phrases suivantes :

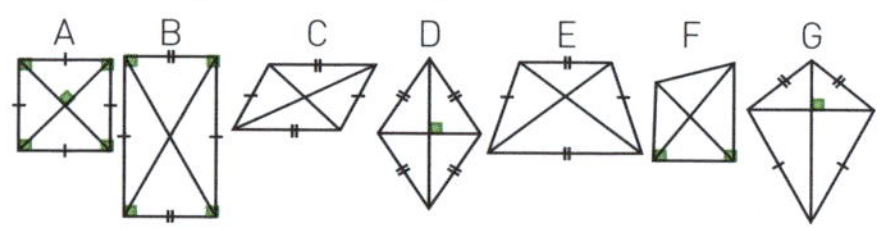

Les rectangles sont les figures : ______ et ______.

Les losanges sont les figures : ______ et ______.

Le seul carré est la figure : ______.

SYMÉTRIE AXIALE

→ 1. Donne les bonnes réponses.

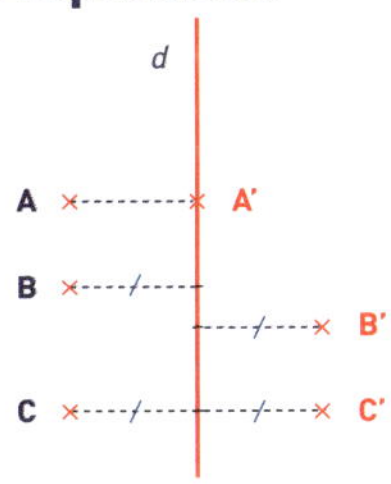

- ❑ A. Le point *A′* est le symétrique du point *A*.
- ❑ B. Le point *B′* est le symétrique du point *B*.
- ❑ C. Le point *C′* est le symétrique du point *C*.
- ❑ D. Le point *A′* est le symétrique du point *A′*.

→ 2. Donne les bonnes réponses.

- ❑ A. Si le symétrique d'un point *A* par rapport à une droite (*d*) est un point *B*, alors la droite (*d*) est la médiatrice du segment [AB].
- ❑ B. Si le symétrique d'un point *A* est un point *B*, alors la position de la droite (*d*) avec le segment [AB] est quelconque.
- ❑ C. Si le segment [AB] mesure 4 cm, alors son segment symétrique mesure 2 cm.
- ❑ D. Si le segment [AB] mesure 4 cm, alors son segment symétrique mesure 4 cm.

3. a. Construis sur une feuille :

- le cercle (*C*) de centre *O* et de rayon 4 cm ;
- une droite (*d*) à 3 cm du point *O* qui coupe le cercle (*C*) en *A* et *B* ;
- le symétrique (*C′*) du cercle (*C*) par rapport à la droite (*d*).

3. b. Complète les phrases suivantes.

Le symétrique du point *A* est le point ____.

Le symétrique du point *B* est le point ____.

Comme le cercle (*C′*) doit passer par les symétriques de chacun des points de ____, il passe donc par ____ et ____.

Le rayon du cercle (*C′*) est de ____ cm.

→ 4. Complète pour passer de la fig. 1 à 2.

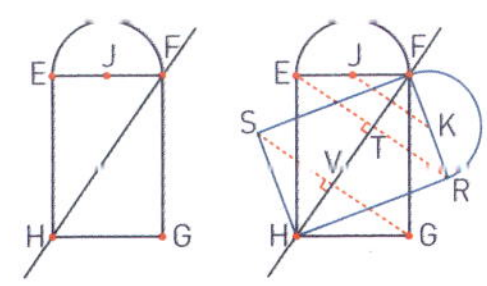

Étape n°1 : Tracer le point *S* symétrique du point ____ par rapport à la droite ____.

Étape n°2 : Tracer le point ____ symétrique du point *E* par rapport à la droite(FH).

Étape n°3 : Tracer le rectangle SFRH symétrique du rectangle ____ par rapport à la droite ____.

Étape n°4 : Tracer le point ____ symétrique du point *J* par rapport à la droite (FH).

Étape n°5 : Tracer le symétrique du demi-cercle de centre ____ de diamètre [EF] par rapport à la droite (FH). C'est le demi-cercle de centre ____ et de diamètre ____.

QUIZ

SOLIDES

→ 1. Sélectionne la ou les bonnes réponses.

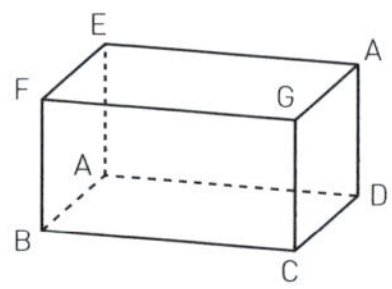

On sait que ABCDEFGH est un parallélépipède rectangle.

- ❑ A. Le point *A* est un sommet du parallélépipède.
- ❑ B. Le quadrilatère ABEF est un carré.
- ❑ C. Le segment [BE] est une arête.
- ❑ D. Le quadrilatère EHDA est un rectangle.

→ 2. On étudie le prisme droit et les deux pyramides représentés ci-après.

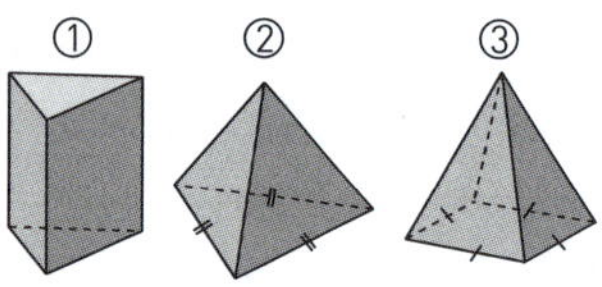

Sélectionne les bonnes réponses.

- ❑ A. C'est la figure 2 qui possède le plus de faces.
- ❑ B. C'est la figure 3 qui possède le plus de faces.
- ❑ C. C'est la figure 1 qui possède le plus de sommets.
- ❑ D. C'est la figure 3 qui possède le plus de sommets.
- ❑ E. C'est la figure 1 qui possède le plus d'arêtes.
- ❑ F. C'est la figure 2 qui possède le plus d'arêtes.

→ 3. Complète les phrases ci-dessous.

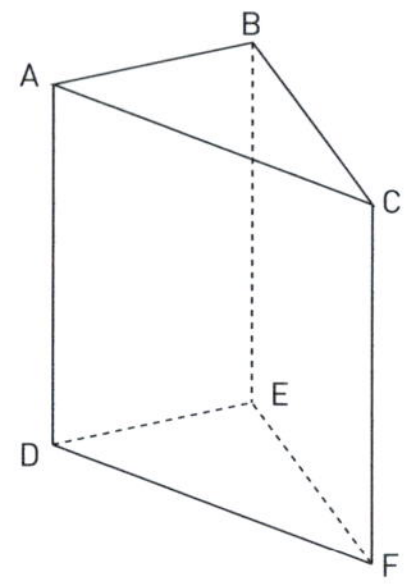

Le solide ABCDEF a cinq ☐ et six ☐.

Le segment [AD] est une ☐.

La ☐ ABC est un triangle.

La ☐ ABED est un ☐.

Les ☐ [AD], [BE] et [CF] ont toutes la même ☐.

Les ☐ [BC] et [EF] sont ☐.

Les ☐ [AC] et [CF] sont ☐.

→ 4. Construis en vraie grandeur un patron du cube et un patron du parallélépipède rectangle représentés en perspective cavalière ci-dessous.

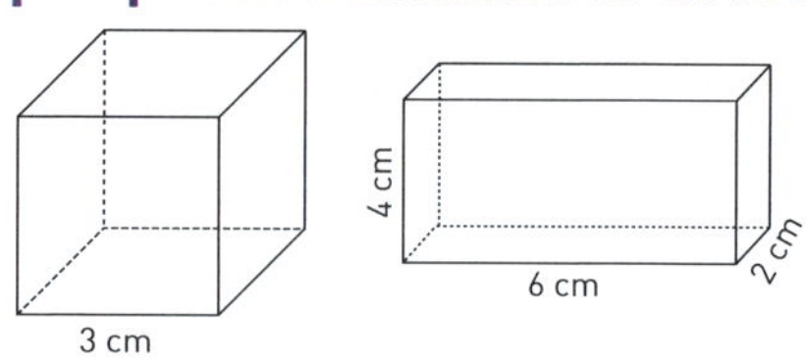

DROITES ET PARALLÈLES

- 1) Activer l'outil « Polygone » Polygone et tracer un pentagone quelconque ABCDE. Remarque : un pentagone est un polygone qui a 5 côtés.
- 2) Activer l'outil « Nouveau point » Nouveau point et placer un point F quelconque à l'intérieur du pentagone.
- 3) Activer l'outil « Demi-droite passant par deux points » Demi-droite passant par deux points et tracer la demi-droite [*FA*) en cliquant sur F puis sur A.
- 4) Tracer de même les demi-droites [*FB*), [F*C*), [FD*)* et [*FE*).
- 5) Placer un point G quelconque du segment [*FA*].
- 6) Activer l'outil « Droite parallèle » Droite parallèle et tracer la droite parallèle à (*AB*) qui passe par G. Elle coupe (*FB*) en H. Placer H.
- 7) Tracer la droite parallèle à (*BC*) qui passe par H. Elle coupe (*FC*) en I. Placer I.
- 8) Tracer la droite parallèle à (*CD*) qui passe par I. Elle coupe (*FD*) en J. Placer J.
- 9) Tracer la droite parallèle à (*DE*) qui passe par J. Elle coupe (*FE*) en K. Placer K.
- 10) Tracer le polygone GHIJK.
- 11) Enlever l'affichage des droites et des demi-droites (sans les effacer) et tracer des segments pour obtenir une figure comme celle-ci-dessous.

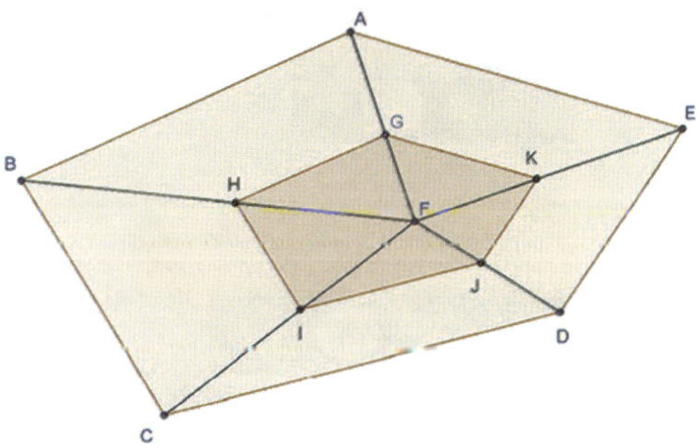

- 12) Vérifier la construction en déplaçant des points comme par exemple G.
- 13) Terminer par des coloriages de votre choix (pour colorier un triangle, il faut d'abord le créer) et enlever l'affichage des points pour obtenir une figure comme celle-ci-dessous.

QUIZ

DÉCOUVERTE DE SCRATCH

→ 1. Un élève a fait bouger le chat en tapant les lettres de son prénom au clavier grâce aux programmes ci-dessous.

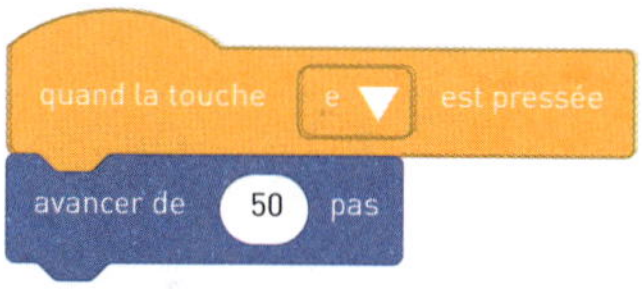

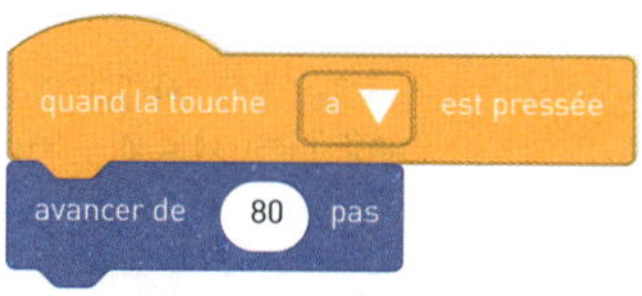

Quel est le prénom de cet élève si on obtient le déplacement ci-dessous ?

Le prénom de cet élève est ______.

→ 2. On étudie le programme suivant :

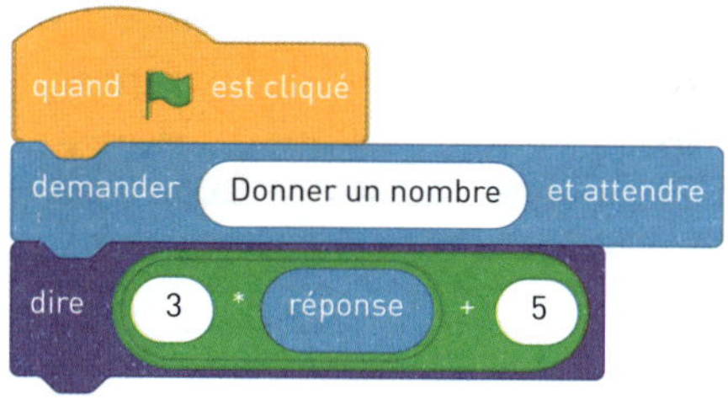

Complète les phrases ci-dessous.

Si l'utilisateur entre la valeur 2, le programme affiche le résultat ______.

Si l'utilisateur entre la valeur 7, le programme affiche le résultat ______.

Si l'utilisateur entre la valeur 10, le programme affiche le résultat ______.

Si l'utilisateur entre la valeur 4,5, le programme affiche le résultat ______.

Si l'utilisateur entre le mot « Oui », le programme affiche comme résultat « 5 ». Le programme a donc remplacé la réponse par le nombre ______.

3. On donne les programmes suivants :

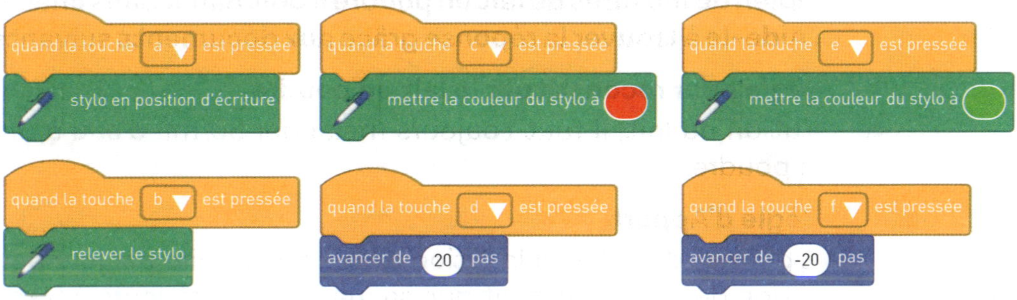

Donne la suite de touches permettant d'obtenir les dessins suivants, le point de départ est la croix et chaque tiret a une longueur de 20 pas.

 : la suite d'instruction est ______.

 : la suite d'instruction est ______.

 : la suite d'instruction est ______.

 : la suite d'instruction est ______.

»» Chercher

Exercice 1

Antoine vient d'avoir un bébé qui pèse à la naissance 2,9 kg.

Il veut savoir combien de mesures de lait en poudre il doit diluer dans chacun de ses biberons. Aide-le à trouver la réponse grâce aux documents suivants.

Information 1 : Règle pour reconstituer le lait en poudre

Pour la reconstitution du lait, il faut toujours mélanger 30 mL d'eau à une mesure de lait en poudre.

Information 2 : Règle d'Appert

La règle d'Appert permet de calculer la ration de lait nécessaire par jour pour un enfant en fonction de sa masse (tant que sa masse est inférieure à 6 kg) :

ration par jour (en mL) = masse de l'enfant (en g) ÷ 10 + 250

Information 3 : Nombre de biberons pour un enfant en fonction de son poids

Masse de l'enfant (en kg)	Nombre de biberons à donner
Inférieure à 5 kg	6
Entre 5 et 8 kg	5
Supérieure à 8 kg	4

Exercice 2

Les membres d'une association organisent une vente de parts de fondants au chocolat pour payer une sortie aux adhérents. Pour cela, ils utilisent la recette ci-dessous.

200 g de chocolat à cuire

100 g de beurre doux

100 g de sucre semoule

5 œufs

50 g de farine

Pour réaliser ces fondants, l'association devra acheter des ingrédients, sachant qu'on ne peut acheter que des paquets entiers et que les gâteaux sont toujours faits en entier également.

3,96 € Chocolat à cuire 2 × 200 g	1,35 € Beurre doux 250 g	0,90 € Sucre semoule 1 kg	2,45 € Boîte de 12 œufs	1,44 € Farine 1 kg

Un gâteau sera coupé en 8 parts, chaque part est vendue 1,50 euro.
Ils ont prévu de vendre 470 parts au maximum.

Quel est le bénéfice réalisé par cette association lors de cette vente ?

CONSEILS POUR RÉUSSIR

Cette activité est souvent vue comme étant transitoire alors que c'est le fondement de la démarche mathématique. Pour aboutir au résultat d'un calcul, ou établir un raisonnement ou encore construire une modélisation, il faut une phase de recherche, mais elle ne laisse souvent pas de trace sur le résultat final.

Prendre son temps et accepter les erreurs

- Pour réaliser l'activité de recherche ou de tâtonnement, il faut du temps, prendre son temps et ne pas abandonner trop vite, ni vouloir obtenir immédiatement la bonne idée ou la solution.
- Il faut également accepter de se tromper et de faire des erreurs, c'est également un fondement du travail de recherche, il faut accepter de recommencer après une erreur.

Laisser des traces

- La phase de recherche est indispensable et il faut laisser des traces de cette recherche pour réaliser les autres compétences.

››› Représenter

Exercice 1

Marc et Camille souhaitent changer leur portail et viennent de trouver sur internet un modèle qui leur convient.

Malheureusement, dans la documentation proposée, seule la partie de gauche du portail est représentée.

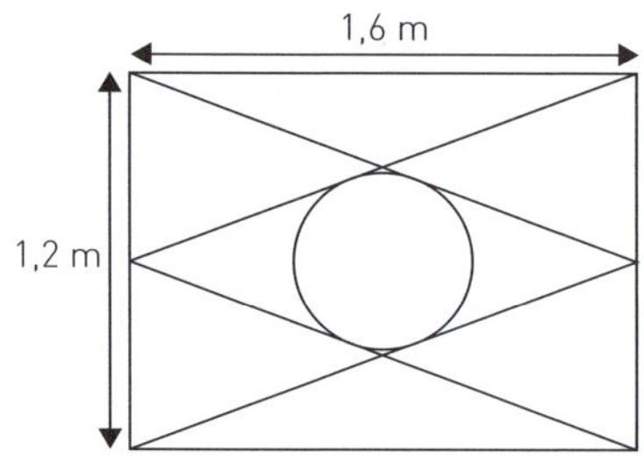

Ils veulent se faire une idée du visuel global du portail et pour cela Camille décide de dessiner le portail en entier.

1. Quelle sera la longueur totale de ce portail ?

....

....

2. Sachant que le portail fermé possède deux axes de symétrie, et en prenant 1 cm sur votre dessin pour 20 cm dans la réalité, représenter le portail intégralement.

Exercice 2

Le grand carré représenté ci-dessous correspond à une unité. Il est partagé en petits carrés qui sont tous identiques.

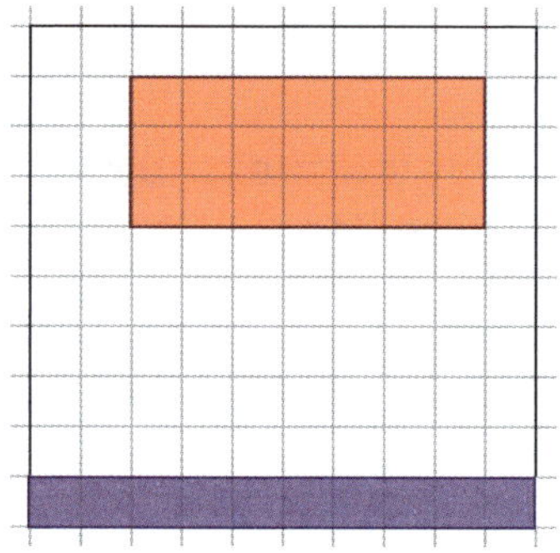

Écrire le nombre représenté par le rectangle rouge et par le rectangle bleu à l'aide d'une fraction puis à l'aide d'une écriture décimale.

....

....

CONSEILS POUR RÉUSSIR

Comprendre ce que signifie « représenter »

- « Représenter », c'est donner à voir, ou au moins rendre perceptible à la vue et à l'esprit différents objets : des formes ou des solides mais aussi des relations entre les objets (croquis, codage, schéma).
- Il arrive également que l'on doive « représenter » des entités abstraites, aussi appelées objets mathématiques tels que des nombres décimaux, des fractions, des fonctions.
- Tous ces objets ne sont pas accessibles en eux-mêmes, seulement au travers de leurs représentations.

S'approprier la représentation

- Dans chaque exercice mettant en jeu une représentation, sous quelque forme que ce soit, il faut s'approprier cette représentation, en faisant attention à chaque détail, pour ensuite pouvoir la mettre en lien avec les notions étudiées dans cet exercice.

››› Modéliser

Exercice 1

Un escargot est au fond d'un puits de 30 m de profondeur.

On peut observer qu'il remonte de trois mètres pendant la journée mais malheureusement, il glisse de deux mètres vers le bas du puits chaque nuit.

Combien de jours lui faudra-t-il pour sortir du puits ? Expliquer la réponse.

Exercice 2

Un couple va emménager pour la première fois dans un appartement.

Ils souhaitent préparer au mieux leur déménagement.

En s'appuyant sur les informations ci-dessous, aide-les à choisir le modèle de camion de déménagement le plus adapté pour qu'ils le louent.

Information 1 : Dimensions des cartons de déménagement

- Dimensions d'un carton de livre : 35 cm × 28 cm × 30 cm.
- Dimensions d'un carton standard : 50 cm × 40 cm × 35 cm.

Information 2 : Camions de déménagement disponibles à la location

Les dimensions données sont les dimensions utiles (longueur × largeur × hauteur) :

Modèle du véhicule	Dimensions utiles (en m)
Vito	2,40 × 1,65 × 1,38
Master	3,15 × 1,76 × 1,90
Sprinter	4,20 × 1,73 × 1,84
Daily	4,20 × 2,10 × 2,30

Information 3 : Mobilier et électroménagers du couple

Ce couple possède pour son salon : une table, six chaises, une table basse et deux fauteuils.

Pour leur cuisine et leur salle de bain, ils possèdent : un frigo américain, une gazinière, un four et un lave-linge.

Pour leur chambre, ils possèdent : un lit 2 places, une armoire, douze cartons standards et quatre cartons de livres.

Information 4 : Estimation de l'encombrement des meubles courants

- Pour la chambre : Armoire : 1,50 m^3 ; Lit 1 place/2 places : 0,70 m^3/1,20 m^3 ; Bureau : 0,40 m^3 et Table de chevet : 0,10 m^3.
- Pour le salon : Table : 0,70 m^3 ; Chaise : 0,60 m^3 ; Table basse : 0,30 m^3 ; Canapé 2 places/Canapé d'angle : 1,30 m^3/2,50 m^3 et Fauteuil : 0,80 m^3.
- Électroménagers : Four : 0,30 m^3 ; Réfrigérateur courant/Réfrigérateur américain : 0,60 m^3/1,15 m^3 et Lave-linge/Sèche-linge/Lave-vaisselle/Gazinière : 0,40 m^3.

CONSEILS POUR RÉUSSIR

La modélisation nécessite :

- ❑ de partir d'un problème ;
- ❑ de construire un modèle ;
- ❑ de le faire fonctionner ;
- ❑ de pouvoir confronter ses résultats à la situation.

Il faut donc :

- ❑ se laisser le temps nécessaire pour réfléchir, émettre et confronter des hypothèses ;
- ❑ connaître les modèles mathématiques afin de les utiliser.

››› Raisonner

Exercice 1

On sait que chacune des affirmations suivantes est fausse. Expliquer pourquoi en réalisant une figure qui sera un contre-exemple puis en justifiant avec un raisonnement rapide.

- Affirmation de Jules : Si un quadrilatère a des diagonales perpendiculaires, alors c'est obligatoirement un losange.
- Affirmation de Léa : Si un triangle possède deux angles de la même mesure, alors c'est obligatoirement un triangle équilatéral.
- Affirmation de Mohamed : Si un quadrilatère possède deux axes de symétrie, alors c'est obligatoirement un rectangle.

Exercice 2

Arthur est un lycéen de 16 ans qui s'intéresse à l'impact de son alimentation sur sa santé.

Information 1 : Répartition recommandée des apports énergétiques par jour

Petit déjeuner	Déjeuner	Gouter	Diner
25 %	35 %	10 %	30 %

Information 2 : Besoins énergétiques à l'adolescence par jour

	Entre 10 et 14 ans	Entre 15 et 18 ans
Filles	2 200 *kcal*	2 300 *kcal*
Garçons	2 500 *kcal*	3 000 *kcal*

Information 3 : Répartition conseillée pour une alimentation équilibrée

Pour une alimentation équilibrée, il est recommandé d'absorber : 55 % de glucides, 30 % de lipides et 15 % de protides.

Information 4 : Repas classique d'Arthur sur une journée du week-end

- Au petit déjeuner : 250 *mL* de lait entier et 50 *g* de céréales.
- Au déjeuner : 50 *g* de poulet et 300 *g* de pâtes.
- Au gouter : deux crèmes à la vanille.
- Au diner : deux hamburgers et un éclair au café.

Information 5 : Valeurs caloriques des aliments consommés par Arthur

	Apport énergétique	Glucides	Lipides	Protides
Lait entier (pour 100 mL)	34 kcal	5 g	5 g	3,5 g
Céréales (pour 100 g)	409 kcal	80 g	12 g	9 g
Poulet cuit (pour 100 g)	205 kcal	0 g	10 g	29 g
Pâtes (pour 100 g)	355 kcal	75 g	1 g	12 g
Crème dessert (pour une unité)	137 kcal	20 g	5 g	5 g
Hamburger (pour une unité)	510 kcal	60 g	26 g	10 g
Éclair (pour une unité)	205 kcal	35 g	10 g	5 g

Quels conseils peut-on lui donner suite à l'étude de ces documents pour aider Arthur à améliorer son alimentation ?

CONSEILS POUR RÉUSSIR

Chacune des étapes de résolution d'un problème fait appel au raisonnement. Ainsi, les phases de recherche, de production et de rédaction de preuve font appel à des raisonnements de différentes natures que l'on doit maîtriser.

La compétence « Raisonner » regroupe plusieurs démarches :

- résoudre des problèmes impliquant des grandeurs variées ;
- mobiliser des connaissances diverses ;
- analyser et exploiter ses erreurs ;
- essayer plusieurs solutions ;
- mener collectivement une recherche en sachant prendre en compte le point de vue d'autrui ;
- démontrer et utiliser un raisonnement logique ; défendre ses jugements.

Différents raisonnements sont couramment utilisés en mathématiques.

››› Calculer

Exercice 1

On donne les trois programmes ci-dessous.

Programme 1	Programme 2	Programme 3
Choisir un nombre. Ajouter 5. Soustraire 2. Ajouter 8. Ajouter 4.	Choisir un nombre. Le multiplier par 24. Diviser le résultat par 6. Multiplier le résultat par 5.	Choisir un nombre. Ajouter 4. Ajouter ensuite 7. Multiplier le résultat par 3. Multiplier le résultat par 6.

1. Pour chaque programme, rédiger un programme qui donne les mêmes résultats mais qui comporte le moins d'étapes possible.

2. On étudie à présent le programme suivant.

Choisir un nombre. Le multiplier par 12. Soustraire 7.

Rédiger un programme équivalent qui comporte deux multiplications et deux soustractions.

Exercice 2

1. Pour chacune des situations suivantes, quel est l'ordre de grandeur du résultat ?

<u>Situation A :</u> Julie achète 1,845 kg de pommes, 0,947 g de raisins et 4,326 g d'oranges. Quelle est la masse totale de ses achats ?

<u>Situation B :</u> Deux grands-parents ont une collection de 609 mangas. Ils veulent les partager équitablement, combien doivent-ils en donner à chacun de leurs 11 petits-enfants ?

<u>Situation C :</u> Marc veut acheter trois t-shirts à 18,70 € l'un, deux shorts à 9,99 € et une veste à 87 €. Quel est le montant total de ses achats ?

2. Résoudre le problème suivant, en effectuant les calculs mentalement : les élèves d'une classe de 5e ont réussi à rassembler 852,28 € grâce à une vente de gâteaux.

Auront-ils assez d'argent pour financer leur sortie dont le montant s'élève à 29 entrées à 10,90 € et 468 € de bus ?

CONSEILS POUR RÉUSSIR

La pratique du calcul vise un double équilibre :

- acquérir des automatismes dans les méthodes ;
- obtenir un résultat pour comprendre les objets mathématiques engagés dans le calcul.

La compétence « Calculer » regroupe plusieurs capacités :

- calculer avec des nombres rationnels, de manière exacte ou approchée ;
- combiner de façon appropriée le calcul mental, le calcul posé et le calcul instrumenté ;
- contrôler la vraisemblance de ses résultats ;
- calculer en utilisant le langage algébrique.

››› Communiquer

Exercice 1

Dans une bourse d'échange de cartes Pokémon, on doit suivre les règles suivantes :

- Un Pokémon légendaire peut être échangé contre 6 cartes Pokémon évolués ;
- Un Pokémon rare et 3 Pokémon basiques valent 4 cartes Pokémon évolués ;
- Cinq cartes Pokémon basiques s'échangent contre 1 carte Pokémon rare.

Quel est le nombre minimal de cartes Pokémon basiques qu'Arthur doit avoir pour repartir de cette bourse d'échange avec 5 cartes Pokémon légendaires ?

Exercice 2

Nicolas veut acheter un nouveau téléphone et changer son forfait en même temps pour s'engager avec son nouveau forfait pour 24 mois.

Pour choisir, il a effectué les recherches présentées ci-dessous sur Internet.

À partir de ses recherches, aide-le à choisir la meilleure offre pour son porte-monnaie.

Offre 1 : Achat du téléphone sur une durée de 24 mois

Paiement initial de 196,99 €, puis location du téléphone pour un tarif de 8 € par mois.

Forfait téléphonique de 35,99 € par mois avec appels illimités et 20 *Go* d'internet mobile.

Offre 2 : Location du téléphone sur une durée de 24 mois

Paiement initial de 0 €, puis location du téléphone pour un tarif de 19 € par mois.

Forfait téléphonique de 32,99 € par mois avec appels illimités et 20 *Go* d'internet mobile.

Offre 3 : Achat immédiat du téléphone avec engagement sur 24 mois

Paiement initial de 340 € pour l'achat immédiat du téléphone.

Forfait téléphonique de 35,99 € par mois avec appels illimités et 20 *Go* d'internet mobile.

CONSEILS POUR RÉUSSIR

Communiquer efficacement dans le cadre d'une activité mathématique est un objectif de formation essentiel, recouvrant plusieurs compétences :

- comprendre des énoncés ;
- produire des textes avec différents buts ;
- s'exprimer oralement.

Il faut donc :

- apprendre à s'exprimer avec un maximum de rigueur et de clarté ;
- éviter de considérer que des difficultés de rédaction sont forcément liées à des difficultés mathématiques.

CORRIGÉS

Nombres décimaux (1)

1. A., B. et **C.** La dernière n'est pas bonne car c'est $\frac{18}{10}$ au lieu de $\frac{18}{100}$.

2. A., B. et **D.** Le nombre 12,8 est compris entre 12 et 13.

3. A. $2{,}53 < 3{,}45$, **B.** $1{,}4 > 1{,}37$, **C.** $2{,}03 < 2{,}2$, **D.** $10{,}8 > 10{,}55$, **E.** $37{,}04 > 37{,}023$ et **F.** $0{,}045 > 0{,}0108$.

4. B., C., E. et **F.** Il ne faut pas hésiter à rajouter des zéros pour comparer plus facilement les parties décimales des nombres comparés.

5. 1,54, 1,52, 1,51, 1,47, 1,46, 1,45, 1,39, 1,35, 1,32 et 1,29.

6. A. L'arrondi au centième de 4,286 est 4,29 ; **B.** L'arrondi à l'unité de 12,48 est 12 ; **C.** L'arrondi au dixième de 2,7142 est 2,7 ; **D.** L'arrondi au millième de 5,8999 est 5,900 et **E.** L'arrondi au centième de 7,8652 est 7,87.

Nombres décimaux (2)

1. A. $5{,}6 + 5{,}4 = 11$, **B.** $12{,}3 + 6{,}70 = 19$, **C.** $28{,}1 + 2{,}87 = 30{,}97$, **D.** $95{,}25 + 4{,}75 = 100$ et **E.** $1{,}65 + 4{,}35 = 6$.

2. A. $358{,}75 - 27{,}32 = 331{,}43$, **B.** $286{,}57 - 123{,}44 = 163{,}13$, **C.** $164{,}36 - 98{,}452 = 65{,}908$ et **D.** $928{,}4 - 275{,}58 = 652{,}82$.

3. A. et **C.** La proposition B. donne : $3{,}4 + 5{,}7 = 9{,}1$ et la proposition D. donne : $8{,}53 - 4{,}6 = 3{,}93$.

4. Le manga coûte donc : $3 + 2{,}5 = 5{,}50$ euros. Il a donc parcouru $523{,}5 - (312 + 125) = 523{,}5 - 437 = 86{,}5$ km sur la nationale. L'aire du grand rectangle est donc de $65{,}3 + 21 = 86{,}3$ m^2.

5.

Calculs	15,86 + 3,621	21,24 + 19,173	33,764 + 4,378
Ordre de grandeur	$16 + 4 = 20$	$21 + 19 = 40$	$34 + 4 = 38$

6.

Calculs	17,702 − 11,12	23,35 − 11,612	1,87 − 0,986
Ordre de grandeur	$18 - 11 = 7$	$23 - 12 = 11$	$2 - 1 = 1$

Nombres décimaux (3)

1. A. $372 \times 68 = 25\,296$, **B.** $37{,}2 \times 68 = 2\,529{,}6$, **C.** $0{,}372 \times 68 = 25{,}296$, **D.** $372 \times 0{,}68 = 252{,}96$ et **E.** $3{,}72 \times 0{,}68 = 2{,}5296$.

2. A. $12{,}3 \times 5{,}1 = 62{,}73$, **B.** $8 \times 7{,}04 = 56{,}32$, **C.** $6 \times 9{,}7 = 58{,}2$, **D.** $5{,}6 \times 3{,}4 = 19{,}04$ et **E.** $10{,}7 \times 1{,}36 = 14{,}552$.

3. A. $543 \times 10 = 5\,430$, **B.** $100 \times 8{,}241 = 824{,}1$, **C.** $0{,}037 \times 10 = 0{,}37$, **D.** $2{,}03 \times 1\,000 = 2\,030$, **E.** $35{,}8 \div 10 = 3{,}58$, **F.** $237 \div 1\,000 = 0{,}237$, **G.** $0{,}05 \div 10 = 0{,}005$ et **H.** $1{,}2 \div 100 = 0{,}012$.

4. A. $47{,}5 \times 100 = 4\,750$, **B.** $10 \times 0{,}48 = 4{,}8$, **C.** $1\,000 \times 25{,}31 = 25\,310$, **D.** $0{,}57 \times 0{,}1 = 0{,}057$, **E.** $0{,}000\,1 \times 5 = 0{,}000\,5$, **F.** $4{,}3 \div 100 = 0{,}043$, **G.** $38{,}57 \div 100 = 0{,}385\,7$ et **H.** $3{,}5 \div 1\,000 = 0{,}003\,5$.

5.

$35 \times 2 = 70$	$51 \times 10 = 510$	$10 \times 12 = 120$

6. La distance est donc de $5 \times 2{,}50 = 12{,}5$ m.
Cela lui coûtera $11 \times 1{,}2 = 13{,}2$ euros.
Cela lui coûtera $11 \times 0{,}75 = 8{,}25$ euros.
Au total $3 \times 1{,}20 + 2{,}50 = 3{,}60 + 2{,}50 = 6{,}10$ euros.

Nombres décimaux (4)

1. A. et **C.** Les deux autres phrases sont fausses car le reste est supérieur au diviseur, ce qui est impossible si on réalise correctement la division.

2.

Ordre de grandeur	$12 \div 2 = 6$	$28 \div 7 = 4$	$63 \div 9 = 7$

3. Les nombres divisibles par 2 sont : 6, 14, 20, 30, 32 et 126 ; ceux divisibles par 3 sont : 6, 30, 45 et 126 ; ceux divisibles par 5 sont : 20, 30 et 45 ; celui divisible par 9 est : 45 et ceux divisibles par 10 sont : 20 et 30.

4. A. $8{,}04 \div 6 = 1{,}34$, **B.** $122{,}4 \div 9 = 13{,}6$, **C.** $223{,}65 \div 71 = 3{,}15$ et **D.** $29{,}14 \div 2{,}5 = 11{,}656$.

5. B., C. et **D.** Dans la première phrase, l'arrondi est par excès au lieu de par défaut.

6. On doit donc acheter $11{,}20 \div 2{,}80 = 4$ (+1 à l'extrémité) = 5 arbres.
Le prix d'une bouteille est donc de $4{,}80 \div 3 = 1{,}60$ euros.
Elle a donc acheté 1 kg ÷ 4 = 0,25 kg de jambon, soit 250 g.

Fractions (1)

1. On a : $< \frac{18}{4} < 5$ et $2 < \frac{11}{4} < 3$.

2.

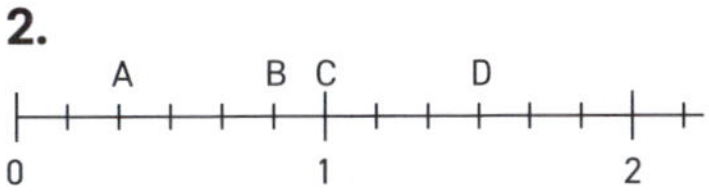

3. L'abscisse du point *A* est : $\frac{2}{4}$, celle du point *B* est : $\frac{5}{4}$, celle du point *C* est : $\frac{8}{4}$ et celle du point *D* est : $\frac{10}{4}$.

4. B., E., F. et **G.** Ces quatre fractions sont inférieures à 1 car leur numérateur est inférieur à leur dénominateur.

5. $6 < \frac{13}{2} < 7$; $5 < \frac{17}{3} < 6$; $4 < \frac{49}{11} < 5$.

La comparaison des trois fractions est donc : $\frac{49}{11} < \frac{17}{3} < \frac{13}{2}$.

Fractions (2)

1. B., D., F. et **G.**

2. A. $\frac{8}{5} = \frac{8 \times 10}{5 \times 10} = \frac{80}{50}$, **B.** $\frac{150}{45} = \frac{150 \div 5}{45 \div 5} = \frac{30}{9}$, **C.** $\frac{45}{10} = \frac{45 \times 100}{10 \times 100} = \frac{4\,500}{1000}$ et **D.** $\frac{27}{63} = \frac{27 \div 9}{63 \div 9} = \frac{3}{7}$.

3. A. $\frac{2}{3} = \frac{6}{9}$, **B.** $\frac{1}{2} \neq \frac{3}{4}$, **C.** $\frac{5}{2} \neq \frac{10}{7}$, **D.** $\frac{25}{9} = \frac{75}{27}$, **E.** $\frac{32}{5} \neq \frac{16}{8}$ et **F.** $\frac{2}{3} \neq \frac{6}{4}$.

4. A. $\frac{45}{20} = \frac{45 \div 5}{20 \div 5} = \frac{9}{4}$; **B.** $\frac{54}{12} = \frac{54 \div 3}{12 \div 3} = \frac{18}{4}$; **C.** $\frac{114}{60} = \frac{114 \div 2}{60 \div 2} = \frac{57}{30}$ et **D.** $\frac{224}{36} = \frac{56}{9}$.

5. $A = 75 \times \frac{2}{5} = 30$, $B = 18 \times \frac{1}{9} = 2$, $C = \frac{2}{25} \times 125 = 10$ et $D = 48 \times \frac{1}{20} = 2{,}4$.

6. Ce candidat a donc obtenu $420 \times \frac{2}{7} - 120$ voix. Trois quarts d'heure contiennent $\frac{3}{4} \times 60 = 45$ minutes et deux tiers d'heure contiennent $\frac{2}{3} \times 60 = 40$ minutes. Ils ont donc déjà récupéré $\frac{3}{5} \times 350 = 210$ euros et il leur manque 350 – 210 = 140 euros.

Statistiques

1.

Notes	Effectifs
6	1
7	3
8	4
9	0
10	2
11	2
12	5
13	0
14	3
15	4
16	0
17	0
18	2
19	1

Il y a 3 élèves qui ont une note supérieure à 17 ; il y a 7 élèves qui ont une note inférieure ou égale à 10 ; il y a 16 élèves qui ont une note comprise entre 9 et 16 et la note la plus souvent obtenue par les élèves de cette classe est : 12.

2. La température relevée à Marseille est de 30 °C. La ville où il faisait le moins chaud est Strasbourg et celle où il faisait le plus chaud est Ajaccio. Il y a 5 villes où la température relevée était supérieure à 25 °C. Il y a 5 villes où la température relevée était comprise entre 20 et 30 °C.

3.

Moyen de transport	Voiture	Vélo	Bus	À pied	Total
Effectifs	150	75	120	105	450

Proportionnalité

1. Dans 50 g de soupe, il y a 17,5 g de carottes. Dans 300 g de soupe, il y a 105 g de carottes. Dans 150 g de soupe, il y a 52,5 g de carottes. Dans 200 g de soupe, il y a 70 g de carottes. Dans 1 000 g de soupe, il y a 350 g de carottes.

2. En 10 minutes, Marie a parcouru 2,5 km. En 30 minutes, Marie a parcouru 7,5 km. Pour parcourir 3 km, elle a mis 12 minutes. Pour parcourir 11 km, elle va mettre 44 minutes.

3.

Poires (en kg)	5	1	0,5	4,5
Prix (en euros)	7	1,4	0,7	6,3

4. B., **C.**, **E.** et **F.** 10 % de 4 est égal à 0,4 et 100 % de 0 est égal à 0.

5.

Essence (en L)	21	17,5
Prix (en euros)	300	250

Pour faire 250 km, M. Pépin doit prévoir 17,5 L d'essence.
Pour 17,5 L, M. Pépin devra payer 133 euros.

6.

5	8	9	10	12	× 7
35	56	63	70	84	

4,5	6	8	12,5	× 4
18	24	32	50	

Angles

1. D. Le sommet est U donc il est forcément au milieu des trois lettres de l'angle.

2. Un angle droit a pour mesure 90°. Un angle aigu a une mesure inférieure à 90°. Un angle plat a pour mesure 180° et un angle nul a pour mesure 0°. Un angle obtus a une mesure supérieure à 90°.

3. L'angle $\widehat{xOy}$ est un angle aigu. L'angle $\widehat{yOz}$ est un angle obtus. L'angle $\widehat{xOz}$ est un angle plat. L'angle $\widehat{xOt}$ est un angle droit.

4. On pose la cible du rapporteur sur le sommet O de l'angle. On fait coïncider un trait de graduation 0° avec le côté [Ox). On repère le trait de graduation correspondant au côté [Oy). On lit la mesure qui est sur la même série de graduation que le 0° initial.

5.

Angle	Nom	Sommet	Côtés
1	$\widehat{BAC}$	A	BA et CA
2	$\widehat{EDF}$	D	ED et FD
3	$\widehat{FHL}$	H	FH et LH
4	$\widehat{MOP}$	O	MO et PO
5	$\widehat{OPM}$	P	OP et MP

Durées et horaires

1. A. 2 h 15 min car 32 min + 43 min = 75 min = 1 h 15 min.

2. D. 1 h 33 min car 52 min – 19 min = 33 min.

3.3 min = 180 s ; 5 h 18 min = 318 min ; 2 h 35 min 15 s = 9 315 s ; 360 s = 6 min ; 85 min = 1 h 25 min et 385 min = 6 h 25 min.

4. C. Si on additionne toutes les durées, cela donne la réponse **C**.

5. A., **B.** Dans le calcul **C.**, il y a une erreur d'opération. Dans le calcul **D.**, il manque la retenue (la minute à ajouter avec le calcul des 83 secondes).

6. L'adolescente s'est couchée à 23 h 10 min. Cette famille va arriver au ski à 6 h 15 min. La lune met donc 29 j 12 h pour tourner une fois autour de la Terre.

Périmètres

1. C., **D.** Le rectangle a pour périmètre : P = $2 \times 4 + 2 \times 1{,}5 = 11$ cm et le carré a pour périmètre P = $4 \times 5{,}2 = 20{,}8$ cm.

2. Le périmètre d'un carré de côté 40 m est égal à 160 m. Le périmètre d'un rectangle de 32 cm de long sur 15 cm de large est égal à 94 cm. La mesure du côté d'un carré de 144 cm de périmètre est égale à 36 cm. La longueur d'un rectangle dont le périmètre est égal à 50 cm et la largeur 5 cm est égale à 20 cm.

3. On utilise la formule : $P = \pi \times D$; on calcule : $P = 3{,}14 \times 6{,}4$ et donc le périmètre du premier cercle mesure 20,096 cm.

On utilise la formule : $P = 2 \times \pi \times r$; on calcule : $P = 2 \times 3{,}14 \times 8$ et donc le périmètre du deuxième cercle mesure 50,24 cm.

4. Il faudra donc 172 piquets pour clôturer ce champ. La largeur de son terrain est donc de 50 m. Le diamètre du moule à gâteau est donc de 18 cm.
5,3 cm = 30 mm ;
100 hm = 1 000 000 cm ;
310,5 km = 310 500 m ;
105 m = 0,105 km ;
13,4 dm = 0,134 dam ;
0,2 cm = 0,000 2 dam.

Aires

1. A., B., C., D. Toutes ces affirmations sont correctes.

2. C., D. Il faut utiliser les formules d'aires et de périmètres du carré et du rectangle.

3.

Côté *a* (en m)	10	3,5	50	12
Côté *b* (en m)	7	0,8	20	4,5
Aire du triangle (en m²)	35	1,4	500	27

4. Le rayon du disque est de 3 cm, alors son diamètre est 6 cm et son aire est 28,26 cm^2.
Le rayon du disque est de 4 cm, alors son diamètre est 8 cm et son aire est 50,24 cm^2.
Le rayon du disque est de 10 cm, alors son diamètre est 20 cm et son aire est 314 cm^2.
5,23 m^2 = 23 000 000 mm^2 ;
15 hm^2 = 1 500 000 000 cm^2 ;
0,8 km^2 = 8 000 dam^2 ;
69 300 mm^2 = 0,000 693 dam^2 ; 4 874 dm^2 = 0,004 874 hm^2 ;
281 mm^2 = 0,0281 dm^2.

Volumes et contenances

1. Le volume du solide 1 est : $4 \times 4 \times 4 = 64$ cm^3. Le volume du solide 2 est : $4 \times 2 \times 2 = 16$ cm^3. Le volume du solide 3 est : $6 \times 5 \times 3 = 90$ cm^3.

2. Pour calculer la hauteur de la pièce, on effectue le calcul : 21,84 ÷ 8,4 ; la hauteur de cette pièce est donc de : 2,6 m. Sachant que la pièce mesure 3,5 m de long, pour calculer sa largeur on effectue l'opération : 8,4 ÷ 3,5 et donc la largeur de cette pièce est de 2,4 m.

3. 0,0 075 m^3 = 7 500 cm^3 ;
350 mm^3 = 0,350 cm^3 ;
5,84 cm^3 = 5 840 mm^3 ;
3 hm^3 = 0,003 km^3 ;
89 785 cm^3 = 0,089 785 m^3 ;
0,26 dm^3 = 0,000 26 m^3.

4. A. 3 hL = 300 L = 300 dm^3 ; **B.** 25 000 cm^3 = 25 dm^3 = 25 L ; **C.** 0,89 m^3 = 890 dm^3 = 890 L ;
D. 34,5 dL = 3 450 cm^3 ;
E. 2 747 hL = 274,7 m^3 ;
F. 4 000 dm^3 = 4 000 000 mL.

Éléments de géométrie

1. [BA) : demi-droite : dessin n°3. [AB] : segment : dessin n°2. (AB) : droite : dessin n°1.

2. A. et **C.** On peut comparer les longueurs des segments à l'aide du compas.

3. La droite D_2 est la droite n°3. La droite D_3 est la droite n°2. La droite D_4 est la droite n°1.

4. Les droites (AB) et (EF) sont parallèles à la droite (CD). Elles sont donc parallèles entre elles. On peut alors écrire : (AB)//(CD)//(EF).

5. A, **C** et **D.** Seule la phrase **B.** est incorrecte d'après les propriétés du cours.

Cercle et manipulation du compas

1. Le segment [AE] est un diamètre du cercle. Le segment [PF] est un rayon du cercle. Le point *E* appartient au segment [AB]. Le point *P* est le centre du cercle. Le point *P* est le milieu du segment [AE]. Le segment [EF] est une corde du cercle.

2. AB < 3 cm ; AD = 3 cm ; AG > AE ; AE = AD.

3. Pour construire la médiatrice d'un segment, il faut utiliser le compas ou l'équerre. La médiatrice d'un segment [AB] est la droite perpendiculaire au segment [AB] qui passe par le milieu de ce segment. Tout point de la médiatrice du segment [AB] est équidistant des points *A* et *B*. La médiatrice du segment AB est un axe de symétrie de ce segment.

4. B. et **D.** Pour trouver les distances, il faut suivre un chemin perpendiculaire à la droite en partant du point concerné. Ce n'est pas forcément le cas dans les phrases **A.** et **C.**

Triangles

1. On sait que EF = FD = DE, on en déduit que EFD est un triangle équilatéral. Puisque EFD est un triangle équilatéral, on peut en déduire que ses trois angles sont égaux à 60. De plus, le triangle EFD possède trois axes de symétrie.

2. Sachant que le triangle OSU est isocèle en *S*, on peut en conclure que OS mesure la même longueur que US. De plus, les angles $\widehat{UOS}$ et $\widehat{OOS}$ sont égaux.
Dans la figure suivante, les triangles rectangles ACD et BCD sont rectangles en *C*, CDE et CDF sont rectangles en *D* et les triangles BEF et BED sont rectangles en *E*.

3. A. et **C.** Les diagonales du rectangle le partagent en des triangles isocèles uniquement. Les diagonales du cerf-volant le partagent en triangles rectangles comme le losange.

4. B. et **C.** Un triangle rectangle ne peut pas être équilatéral car le triangle équilatéral a tous ses angles qui mesurent 60° alors que le triangle rectangle possède un angle droit. Le triangle DEF n'est pas correct car il est isocèle en *D*, ce qui veut dire que les angles $\widehat{DEF}$ et $\widehat{DFE}$ doivent être égaux (à 40° du coup).

Quadrilatères

1. Un quadrilatère possède quatre sommets et quatre côtés. Les quatre côtés d'un losange ont la même longueur. Les côtés opposés d'un losange, d'un rectangle et d'un carré sont parallèles. Un rectangle possède quatre angles droits. Un carré est à la fois un losange particulier et un rectangle particulier.

2. Les deux carrés sont : JKLH et BHIE. Les deux rectangles sont : BGFE et GHIF. Le losange est : ABCD. Le parallélogramme est : ABHJ.

3. A. et **D.** Dessine les quadrilatères et leurs diagonales pour visualiser.

4. Deux carrés sont, par exemple : ABIE et AIHJ. Un rectangle est : EFJI. Deux losanges sont : ADBC et GCHD. Le quadrilatère CIDF semble être un parallélogramme.

Symétrie axiale

1. C. et **D.** Il faut l'alignement des points, ce qui élimine la réponse **B.** et la conservation des longueurs élimine la réponse **A.**

2. A. et **D.** L'axe de symétrie coupe le segment en son milieu et perpendiculairement.

3.b. Le symétrique du point *A* est le point A et celui du point *B* est le point B. Comme le cercle (*C'*) doit passer par les symétriques de chacun des points de (*C*), il passe donc par A et B. Le rayon du cercle (*C′*) est de 4 cm.

4. Étape n° 1 : point G ; droite (FH).
n° 2 : le point R.
n° 3 : le rectangle SFRH ; la droite (FH).
n° 4 : le point K.
n° 5 : demi-cercle de centre J ; le demi-cercle de centre K et de diamètre FR.

Solides

1. A. et **D.** Toutes les faces d'un parallélépipède sont des rectangles et BE est la diagonale d'une face mais pas une arête.

2. B., C. et **E.** On compte pour chaque solide : le 1 (5 faces, 6 sommets et 9 arêtes) ; le 2 (4 faces, 4 sommets et 6 arêtes) ; le 3 (5 faces, 5 sommets et 8 arêtes).

3. Le solide ABCDEF a cinq faces et six sommets. Le segment AD est une arête. La face ABC est un triangle. La face ABED est un rectangle. Les arêtes AD, BE et CF ont toutes la même longueur. Les arêtes BC et EF sont parallèles. Les arêtes AC et CF sont perpendiculaires.

Découverte de Scratch

1. Le prénom de cet élève est Elena.

2. Si l'utilisateur entre la valeur 2, le programme affiche le résultat $3 \times 2 + 5 = 11$. S'il entre la valeur 7, le résultat est 26. S'il entre la valeur 10, le résultat est 35. S'il entre la valeur 4,5, le résultat est 18,5. S'il entre le mot « Oui », le programme a remplacé la réponse par le nombre 0.

3. Plusieurs séries d'instructions sont possibles. 1er : aedbdadbdad. 2e : aedcdedcd. 3e : bffacdedbdcd. 4e : bffaedbddad.

Chercher

Exercice 1 :

La ration journalière nécessaire pour le bébé d'Antoine est : ration = 2 900 ÷ 10 + 250 = 290 + 250 = 540 mL.
Comme son bébé pèse moins de 5 kg, il doit boire 6 biberons dans la journée.
Chaque biberon doit donc contenir : 540 ÷ 6 = 90 mL.
Comme une mesure de lait doit être diluée dans 30 mL d'eau, si le biberon contient 90 mL d'eau, Antoine devra diluer 3 mesures de lait dans chaque biberon.

Exercice 2 :

Ils doivent préparer suffisamment de gâteaux pour avoir 470 parts de fondants au chocolat. Nombre de gâteaux à confectionner : 470 ÷ 8 = 58,75. Comme on ne peut faire que des gâteaux entiers, il faudra cuisiner 59 fondants.

Ingrédients	Quantité pour un gâteau	Quantité pour les 59 gâteaux	On doit acheter…	Coût par ingrédient
Chocolat	200 g	11 800 g	11 800 ÷ (2 × 200) = 29,5, soit 30 lots	30 × 3,96 = 118,80 €
Beurre	100 g	5 900 g	5 900 ÷ 250 ≈ 23,6, soit 24 plaquettes	24 × 1,35 = 32,40 €
Sucre	100 g	5 900 g	5 900 ÷ 1 000 = 5,9, soit 6 paquets	6 × 0,90 = 5,40 €
Œufs	5 œufs	295 œufs	295 ÷ 12 ≈ 24,6, soit 25 boîtes	25 × 2,45 = 61,25 €
Farine	50 g	2 950 g	2 950 ÷ 1 000 = 2,95, soit 3 paquets	3 × 1,44 = 4,32 €

Au total cela coûte : 118,80 + 32,40 + 5,40 + 61,25 + 4,32 = 222,17 euros. S'ils vendent toutes les parts, ils vont gagner 470 × 1,50 = 705 euros.

Ainsi, leur recette serait de 482,83 euros s'ils arrivent à vendre toutes les parts.

Représenter

Exercice 1 :

Comme le panneau de gauche mesure 1,6 m de long, le panneau de droite du portail mesure également 1,6 m de long et donc le portail mesure au total 3,2 m de long et 1,2 m de haut.

Sur le dessin, 1 cm représente 20 cm dans la réalité. Comme on doit dessiner un rectangle de 120 cm de haut, il faut tracer 6 cm de haut car $6 \times 20 = 120$. Comme le portail fait 320 cm de long, il faut tracer 16 cm de long car $16 \times 20 = 320$.

Il faut également une symétrie verticale au milieu du portail et une symétrie horizontale au milieu du portail donc on obtient le visuel suivant :

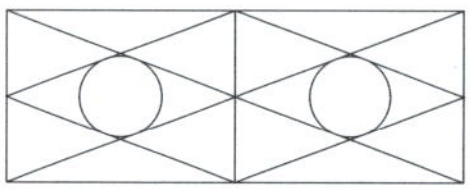

Exercice 2 :

Rectangle rouge : Il y a 21 cases de coloriées sur les 100 cases de l'unité soit la fraction $\frac{21}{100}$ et l'écriture décimale 0,21.

Rectangle bleu : Il y a 10 cases de coloriées sur les 100 cases de l'unité soit la fraction $\frac{10}{100}$ ou $\frac{1}{10}$ et l'écriture décimale 0,10 ou 0,1.

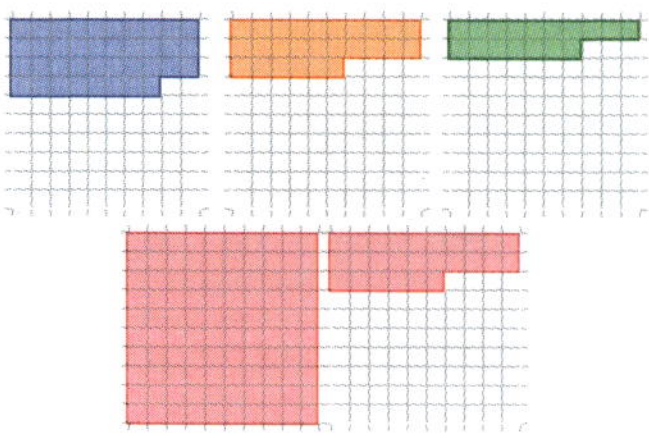

Modéliser

Exercice 1 :

L'escargot part de −30 m.

À la fin du premier jour, il sera à −29 m car : $-30 + 3 - 2 = -30 + 1 = -29$.

Il remonte donc globalement d'un mètre par 24 heures.

À la fin du 2e jour, il sera à −30 m + 2 m = −28 m ; à la fin du 3e jour à −30 m + 3 m = −27 m ; à la fin du 4e jour −30 m + 4 m = −26 m ; … ; à la fin du 27e jour : −30 m + 27 m = −3 m.

Ainsi, au matin du 28e jour, l'escargot sera à 3 m de profondeur. Comme il monte de 3 m dans la journée, il va alors arriver en haut du puits. Il lui faut donc 28 jours pour sortir du puits.

Exercice 2 :

On commence par calculer le volume nécessaire dans le camion pour mettre tous les meubles et les électroménagers du couple :

Pour le salon : une table, six chaises, une table basse et deux fauteuils soit un volume de : $0,70 + 6 \times 0,60 + 0,30 + 2 \times 0,80 = 0,70 + 3,60 + 0,30 + 1,60 = 6,20$ m^3.

En électroménager : un frigo américain, une gazinière, un four et un lave-linge soit un volume de : $1,15 + 0,40 + 0,30 + 0,40 = 2,25$ m^3.

Pour leur chambre : un lit 2 places et une armoire soit un volume de : $1,20 + 1,50 = 2,70$ m^3.

On calcule le volume de chaque carton. Pour les cartons de livre : $0,35 \times 0,28 \times 0,30 = 0,0294$ m^3 et pour les cartons standards : $0,50 \times 0,40 \times 0,35 = 0,07$ m^3.

Pour les cartons douze cartons standards et quatre cartons de livres, il y a donc un volume de : $12 \times 0,07 + 4 \times 0,0294 = 0,84 + 0,1176 = 0,9576$ m^3.

Au total, ils ont donc besoin dans leur camion d'un volume de : $6,20 + 2,25 + 2,70 + 0,957\,6 = 12,107\,6$ m^3.

On calcule à présent le volume utile de chaque modèle de camion :

Vito	$2{,}40 \times 1{,}65 \times 1{,}38 = 5{,}4648\ m^3$
Master	$3{,}15 \times 1{,}76 \times 1{,}90 = 10{,}5336\ m^3$
Sprinter	$4{,}20 \times 1{,}73 \times 1{,}84 = 13{,}36944\ m^3$
Daily	$4{,}20 \times 2{,}10 \times 2{,}30 = 20{,}286\ m^3$

Ainsi, le modèle le plus approprié à leurs besoins est le camion Sprinter.

Raisonner

Exercice 1 :

Affirmation de Jules : Si on dessine un cerf-volant, il a bien ses diagonales perpendiculaires mais ce n'est pas un losange.
Affirmation de Léa : Si on dessine un triangle isocèle, il a bien deux angles de même mesure mais il n'est pas équilatéral.
Affirmation de Mohamed : Si on dessine un losange, il a bien deux axes de symétrie (ses deux diagonales) mais ce n'est pas un rectangle.

Exercice 2 :

Commençons par lister les apports des repas d'Arthur sur sa journée du week-end avec les informations 4 et 5 :

	Apport énergétique	**Glucides**	**Lipides**	**Protides**
Au petit déjeuner	$2{,}5 \times 34 + 409 \div 2$ $= 289{,}5$ kcal	$2{,}5 \times 5 + 80 \div 2 = 52{,}5$ g	$2{,}5 \times 5 + 12 \div 2 =$ $18{,}5$ g	$2{,}5 \times 3{,}5 + 9 \div 2$ $= 13{,}25$ g
Au déjeuner	$205 \div 2 + 3 \times 355$ $= 1\,167{,}5$ kcal	$0 \div 2 + 3 \times 75 = 225$ g	$10 \div 2 + 3 \times 1 = 8$ g	$29 \div 2 + 3 \times 12$ $= 50{,}5$ g
Au gouter	$2 \times 137 = 274$ kcal	$2 \times 20 = 40$ g	$2 \times 5 = 10$ g	$2 \times 5 = 10$ g
Au diner	$2 \times 510 + 205 = 1\,225$ kcal	$2 \times 60 + 35 = 155$ g	$2 \times 26 + 10 = 62$ g	$2 \times 10 + 5 = 25$ g

Au total de sa journée, il a donc consommé 2 956 kcal, 472,5 g de glucides, 98,5 g de lipides et 98,75 g de protides.
Comme Arthur a 16 ans, il doit consommer 3 000 kcal par jour et c'est environ ce qu'il a fait donc il ne doit rien changé à ce niveau là.
Si on étudie sa consommation énergétique par repas, on obtient :

Petit déjeuner	**Déjeuner**
$\frac{289{,}5}{2\,956} \approx 9{,}79\ \%$	$\frac{1\,167{,}5}{2\,956} \approx 39{,}5\ \%$
Gouter	**Diner**
$\frac{274}{2\,956} \approx 9{,}27\ \%$	$\frac{1\,225}{2\,956} \approx 41{,}44\ \%$

Donc il ne consomme pas assez d'apports énergétiques le matin, il en consomme un peu trop le midi, au gouter c'est bien et le soir il en consomme beaucoup trop.
Enfin, si on étudie la répartition de son alimentation par jour, on obtient :
Glucides : $\frac{472{,}5}{472{,}5 + 98{,}5 + 98{,}75} = \frac{472{,}5}{669{,}75} \approx 70{,}55\ \%$;
Lipides : $\frac{98{,}5}{669{,}75} \approx 14{,}71\,\%$ et Protides : $\frac{98{,}75}{669{,}75} \approx 14{,}74\ \%$.

Ainsi, on voit qu'il absorbe beaucoup trop de glucides et pas assez de lipides dans sa journée. Les protides correspondent à peu près à la répartition conseillée.

CALCULER

Exercice 1 :

Programme 1 bis	Choisir un nombre. Ajouter 15.
Programme 2 bis	Choisir un nombre. Le multiplier par 20.
Programme 3 bis	Choisir un nombre. Ajouter 11. Multiplier le résultat par 18.

Choisir un nombre.
Le multiplier par 6.
Multiplier le résultat par 2.
Soustraire 4.
Soustraire 3.

Exercice 2 :

Situation A : 1,8 kg + 1 kg + 4,3 kg = 7,1 kg.
Situation B : 600 BD ÷ 10 = 60 BD environ pour chaque petit-enfant.
Situation C : 3 × 20 € + 2 × 10 € + 90 € = 170 €.
30 entrées à 10 € coûteraient 300 €. La sortie coûte donc environ : 300 € (entrées) + 500 € (bus) = 800 €.
Les élèves ont donc rassemblé assez d'argent.

COMMUNIQUER

Exercice 1 :

Pour obtenir 5 Pokémon légendaire, il faut (6 × 5) 30 cartes Pokémon évolués.
Cependant, comme il n'est pas possible d'obtenir exactement 30 cartes Pokémon évolués, Arthur devra obtenir 32 cartes Pokémon évolués.
Pour cela il aura besoin de 8 lots composés d'un Pokémon rare et de 3 Pokémon basiques, soit 8 cartes Pokémon rares et 24 cartes Pokémon basiques.
Il lui faudra alors (8 × 5) 40 cartes Pokémon basiques pour obtenir les 8 Pokémon rares.
Ainsi il aura besoin, en tout, de 64 cartes Pokémon basiques pour se rendre à cette bourse et en revenir avec les cartes Pokémon légendaires qu'il espère.

Exercice 2 :

On calcule le budget nécessaire à Nicolas pour acheter le téléphone et payer les 24 mois d'abonnement avec chaque offre :

Offre 1 : Pour le forfait, il va payer : 35,99 × 24 = 863,76 €. Pour le téléphone, il va payer : 196,99 + 8 × 24 = 196,99 + 192 = 388,99 €.Au total, sur les 24 mois, il va donc payer : 388,99 + 863,76 = 1 252,75 €.

Offre 2 : Pour le forfait, il va payer : 32,99 × 24 = 791,76 €. Pour le téléphone, il va payer : 0 + 19 × 24 = 456 €. Au total, sur les 24 mois, il va donc payer : 456 + 791,76 = 1 247,76 €.

Offre 3 : Pour le forfait, il va payer : 35,99 × 24 = 863,76 €. Pour le téléphone, il va payer 340 €.

Au total, sur les 24 mois, il va donc payer : 340 + 863,76 = 1 203,76 €.

Donc Nicolas a intérêt à choisir la troisième offre pour payer le moins cher au final et donc il a intérêt à acheter tout son téléphone immédiatement (sans location).